光文社文庫

恋愛小説アンソロジー

ただならぬ午睡

江國香織選／日本ペンクラブ編

光　文　社

目次

ただならぬ午睡

謎

吉行淳之介

部屋の中が薄赤くなってきたので、立上って窓に寄ると、空は大きな夕焼であった。なぜかわからないのだが、子供のころから夕焼空を見ると、身が竦んで慄えが走る。

その日の夕焼は、特別に大きく赤かったので、

「悲しくなるな」

と、おもわず独り言をいうと、

「そうだろう、当分、外へ出られないものな」

耳もとで男の声が、そう言った。

見知らぬ男だし、その言葉の意味もわからない。

「さっきから、ずっと立っている」

と、男が言う。

二階の窓から眺めている男の視線が、斜め下へ向いているのに気付いた。

「ほら、あの豹の毛皮のコートを着た女だ」

たしかに、そういう服装の女が、門の傍に立っているが、見知らぬ女であるし、馴々しく話しかけてくる男もはじめて見る顔である。

「あんな女、見たことがないよ。知らない女が門のところに立っていたって、外へ出るのにべつに不都合はないだろう」

「気楽なことを言って……。あの女を知らないからだ」

「君は知っているのか」

「知っているさ、なにしろ有名だからな。もっとも、直接こうやって見るのは、はじめてだがね」

「はじめてで、どうしてその女とわかるんだ。豹の毛皮を着た女なんて、いくらもいるぜ」

「あの女が手に持っている瓶が見えるだろ、頭の赤い小さな瓶」

小さな瓶を、女は両手で支えて、胸の前に持っている。赤い部分は蓋のようで、こういう瓶はしばしば見かける気がする。

「あの瓶が、どうした」

「あれが恐しい」

「べつに、そうは見えないがね」

「あの女があの瓶を持っているからには、傍を通れない」

「通ると、どうなる」

「あの赤い蓋をはずして、瓶の中の白くてピカピカ光る粉を、上から振りかけられる。次の瞬間には、まわりは真っ暗さ」

「へんな話だね、なんていう粉なんだい」

「グルタミン酸ソーダ」

「それは、味の素のことじゃないか」

「そうだよ、あの女はすぐにそれを振りかけるんだ。鮨屋のおやじの敵だね」

「鮨屋へ行って、醬油の中に入れるわけか」

「それなら、まだマシだがね。いきなりにぎり鮨の上にじかに振りかけるのさ」

「それ、厭がらせなのか」

「いや、錬金術に使う粉のようなものと、信じこんでいるわけ。悪気はないんだ」

見馴れた瓶と感じた筈だ、とばかばかしくなって、

「そんなもの、振りかけられたって、どうということはないだろう」

と言うと、男の詰《なじ》るような声が聞えてきた。

「いったい君は、自分が何のつもりでいるのだ」

「何のつもりだ、といわれても」

「君はにぎり鮨なんだぞ」

突飛な冗談を言う男だな、と呆れて、

「へえ、おれはにぎりか。トロかな、鳥貝かな」

「玉子焼のにぎりさ」

具体的なことを言うので、横を見ると、その男は茶巾鮨《ちゃきん》になっている。

「おい、そういう君も、玉子の鮨になっているぞ。もっとも、茶巾鮨だから、一口でぱくりというわけにはいかないが」

「え」

驚いた声を出して、その茶巾鮨は慄えるように左右に揺れはじめた。

「だけど、君はさっきまで、たしかに人間だったぞ」

「そうだろう、その筈だ」

そう言いながら茶巾鮨の揺れはますます烈しくなり、床《ゆか》からすこし飛び上ったりしているうちに、もとの人間に戻った。

「いま、人間のかたちになったぞ」

「驚いたなあ。あの女を見たとたんに、自己暗示にかかってしまったんだな。そのくらいおそろしい女だよ」

「それで、おれは、まだ玉子の鮨かい」

「いや、君も人間になっている。安心していい、いや、安心はできないな、なにしろあの女が門のところに立ったのだから」

「それにしても、謎だなあ」

「なにが」

「なんの関係もない女が、なぜ門のところに立つんだろう」

「謎なんか、すこしもない。あの女に取憑かれたんだよ」

「でも、なぜこのオレに」

「気まぐれなのさ」

「そのために、外出できないなんて、理不尽じゃないか」

「運が悪いのさ」

気軽な口調で言われて、腹が立ってきた。

「これから外出する」

「よせよ、なんのために」

「門から外へ出るためにだよ」

「よせよせ、危険すぎる」

「男の意地というものだ」

「意地とはねえ、今どき、はやらないことを言い出したな。しかし、そこまで思い詰めたなら協力しよう。君、自動車になれ」

「突然、自動車になれ、と言われても」

「さっき、にぎり鮨になっていたじゃないか、自動車になるくらい……。おれが運転して、ここから出てゆくという作戦だ」

そこで、自動車になった。

男が運転席に座って、玄関から出てゆくと、門の傍で女が手を上げた。

ブレーキをかけながら、男が声をひそめて言う。

「バカ、なんでタクシーなんかになったんだ。ロールスロイスやベンツなんかになれとはいわないが、自家用車になっておけよ。この貧乏性め」

「停らずに、行ってしまえ」

「駄目だ、乗車拒否はしない主義でね」

自動ドアを開くと、女が乗りこんできて、シートの隅に身を寄せ、黙っている。

「どちらまで」

「楕円橋を渡って、三角公園のそばまで」

　また沈黙がつづいて、女が独り言のように言った。

「疲れたわ」

　さっそく、男が話しかける。

「どうしたんですか」

「長いあいだ、立っていたもので。脚も腕もすっかり痛くなってしまったわ」

「腕……、腕は痛くはならないでしょう」

　男と女のやりとりが聞えてくる。

「案外、重いものなのよ」

「そうかな。指先でだって、つまめるくらいですよ」

「指先ではムリよ、それに柔らかいものって、抱きにくいのよ」

　へんな会話だな……、と聞耳を立てて、四つの車輪で走ってゆく。

「柔らかいかなあ。ガラスの瓶て、硬いものでしょう」

「ガラスの瓶……。運転手さん、どうかしたの、あたしの抱いているのは赤ん坊よ」

「え」

　自動車になっている身としても、「え」とおもったとき、女の声が聞えた。

「あら、もう菱形通りを抜けたのね。運転手さん、やっぱり元の場所へ戻ってもらうわ」

「戻るんですか」

男のその声が、弾んでいるように聞える。「あいつ、人の不幸を喜んでやがる」とおもい、

「それにしても、女の手にあったのは、どう見てもガラスの小瓶だったがなあ」ともおもった。

「もうすぐなのに、戻るんですか。どうしてです」

男の念を押す声が聞えてくる。

「だって、口惜しいから」

「口惜しい……」

男と車とが、同時につぶやいた。

……気が付くと、二階の窓から、外を眺めている。さっきと同じに、空いっぱいの夕焼である。

門のところを見る。

豹の毛皮を着た女が、赤い蓋の小瓶を胸のところに捧げるように持って、立っている。

「やっぱり、ガラス瓶じゃないか」

不意に、耳もとで声がした。

「あの女、なんでしょう。朝からああやって、じっと立っているのよ」

「そうなんだ、困ったもんだよな」

「困ってるの」

「困っているし、困ったもんでもあるんだな」

「なぜ、家の前にいるのかしら」

「取憑いたんだそうだ」

「取憑いた……。なにか身に覚えがあるの」

「いや、気まぐれらしい。ただ、あのガラス瓶の中身がおそろしい」

「ガラス瓶ですって、どこにそんなものがあるの」

「あの女が持っているじゃないか」

「持っている……、あれは赤ん坊よ」

「やっぱり、赤ん坊か」

「やっぱりですって。身に覚えがあるのね」

そう言われると、ガラス瓶のかたちが赤ん坊に変化しはじめた。

身に覚えがあるような気に、しだいになってきたし、その女にも見覚えがある気分が起きてきた。

それにしても、この自分がにぎり鮨になったり、自動車になってみたり、そんな非現実のことが……。

夢だろう、と気付き、夢ならば醒めればいい、と思う。

目覚めるためには、声を出してみるか手足を動かすかすれば、それがキッカケになる。しかし、口は蓋で閉ざされているようだし、手足は金縛りにあったように動かすことができない。

夢の皮が厚くかぶさり、夢の膜の中で、身もだえをつづけている。

朱験

河野多恵子

その小生物《いきもの》の名を明記するのは躊躇《ためら》われる。虫の一種、とでも称しておけばよいであろうか。古来の本草学では、人・獣・鳥・魚・貝以外の動物を名づけて虫と呼ぶことになっている。が、虫と言えば、普通には昆虫の意味になりそうなのに、昆虫の基本形態として子供でも知っている四枚の翅《はね》と六本の歩脚などは、その小生物はもっていない。昆虫ではないのである。仮りに昆虫であれば、その一種としておけばすむ。全動物の種の三分の二以上は六脚類、つまり昆虫だというから、その小生物の正体は看破《みやぶ》られる気遣いはなく、しかも昆虫としてあれば凡《おおよ》その向きはなんとなく印象を与えることができるだろう。

ところが、例の小生物は、昆虫類とは異って反対に、種の数はさほど多くはなく、そして形態や大きさは様々なのである。ということは、その一種、などと称して伏せてあれば、あまりにもとりとめがないことになる。あるいは、そういう種族の一種である以上、その小生物は逆に推理が利《き》きやすそうで、伏せる意味があるかどうか。だが、どうもその名を明記する気にはなれない。そういうわけで途方にくれていた矢先、不意に思いもかけぬ教唆《きようさ》に出会ったのであった。

かの泉鏡花の故郷金沢にある石川近代文学館から、「鏡花研究」という雑誌が発行されている。かねて寄贈を受けていたところ、先日また第五号をいただいたのを見ると、新保千代子氏が鏡花の「貧民倶樂部《くらぶ》」の下書き原稿を紹介しておられるのであった。同文学館に所蔵されているというその下書き原稿は、十枚ばかりしかない断簡で、続き具合も一連のものではないのだが、写真と活字でその全部が紹介されている。

「貧民倶樂部」は明治二十八年、数え年二十三歳の鏡花が「北海道毎日新聞」に連載したとされており、旧題「慈善會」という。一言でいうならば、戯作《げさく》体反特権階級小説とでも呼べばよいだろうか。東京市中の三大貧民窟《くつ》とされていた地域の一つに住む貧民群が、華族社会の貴婦人連を趣向豊かに手こずらせ、懲《こ》らしめる物語なのである。

ところで、今度の「鏡花研究」に発表されている新保氏の入念な論文の内容は余儀なく措《お》かせていただくとして、併載の鏡花の下書き原稿を読みはじめると、冒頭のは、貧民仲間の〈屠犬兒《いぬころし》〉の仕事場の描写だなと、すぐに思いだした。ただ、記憶通りの文章もあれば、自分の読んだ鏡花全集には、こういう箇所はあったかしらんと思える文章もあったりした。そのうち、次のような文章が現われたのである。〈壁には守宮《やもり》の走るあり地にはげぢの驅《か》けるあり、あらゆる濕蟲群をなして互ひに横行せり。〉ここは、確かに全集のにはなかったと、早速取りだして調べてみた。果して、そうであった。続いて、〈濕蟲〉という用語を辞書で調べてみる。最初に繙《ひるがえ》した辞書にはなくて、大きい辞書にはあった。久しぶりに「貧民倶楽部」を楽しみがてら、読み通してみたが、その個所はもちろん、〈濕蟲〉もどこにも用いられてはいなかった。

下書き原稿が残っていて、しかも文字通りの断簡なのに、この文章のある一枚が混じっていたこと、その紹介に接したことは、何という幸運だろうか。〈壁には守宮の走るあり地にはげぢの駆けるあり、あらゆる濕蟲群をなして互ひに横行せり。〉——読み返すほどに〈濕蟲〉を例の小生物のために借用したくなるのであった。

ある湿虫○○○に××を食べさせると、○○○は真っ赤になって死ぬという。それを日蔭《ひかげ》で乾かして粉にしたのを水で溶き、処女の肌にそれを記せば、洗っても、日が経《た》っても、どうしても消えない。処女でなくなるのと入れちがいに消え失《う》せる。むかし某国では子女に初潮があると、その方法で朱を施し、男は初夜の新嫁の軀《からだ》にまずそれを探したと、博物誌か何かが伝えているそうである。

けで、――彼女はふとした機会にその話を知った時、謂《いわ》れ話にもいろいろあるものだと思っただけで、じきに忘れてしまった。

そのうち、彼女は夫によって自分が処女ではなくなって何年になるか、我知らず数えている時があるようになった。それは、髪ブラシを使っている時であったり、バスを待っている時であったり、キラキラした三角形の屑《くず》を落としながら、簞笥《たんす》に入れる防虫剤の小袋の隅を切っている時であったりした。本当ならば、彼女のその計算は手間取れるはずはなかった。処女ではなくなって、足かけでも四年だからである。が、彼女の計算は、永びきがちになるのであった。暦年で数えたり、年齢で数えたり、それらを更に逆算してみたりするからだが、ほかにも理由があった。

彼女はそんな計算をするようになってみて初めてわかったことだが、処女ではなくなった夜がいつであったか全く思いだせないのである。足かけ四年まえであったこと――当時のいろいろな手がかりによって、それは間違いないのだが、何月だったかとなると、そこで早くも思いだせない。汗ばむ晩だったような気がするけれども、春だったのか、秋の小春日和《びより》の晩だったのか、どちらとも言えない。場合が場合であるから、あるいは冬の夜であったとしても寒いどころではなかったことだろう。

処女ではなくなる経験は、彼女の全身で、異性というものが如何《いか》に女性と別種の性族であるかということではなく、如何に別種の性族ではないかということを感嘆させた。そのために、新しい、果しなく広い世界へ身が転じたように感じた。そうして、処女ではなくなったことについては、どういう意味でも丸で考えなかったように思う。で、彼女は余計に、初夜の日付の記憶にうとくなったのかもしれなかった。同じ日にも、別の日にも、結婚式など挙げていない。彼女には日記をつける習慣もなく、夫も同様のようだった。

彼女の場合、処女でなくなってからの歳月を詳しく算出するのは、不可能だということになる。彼女のその計算がつい永びくのは、そのせいでもあった。彼女は如何に不可能であるかということをそのたびに知り、奇妙な気分を味わうのである。それから、彼女は漸《ようや》く、算出可能の限界である、足かけ四年という数字に立ち戻る。丸三年に幾ヵ月足りないか、幾ヵ月余るか、それを知ることは諦《あきら》めるしかない。で、彼女はまことに大まかな近似値たる足かけ四年という数字を、如何にも近似値らしく見立ててみる。彼女は単に、四年とのみ自分に最後の答えを告げる。

四年にもなるのに、今さら処女ではなくなってから何年経ったでもあるまい。彼女は、初老の女ででもあるかのように、そう思う。その一方では、まだ僅《わず》か四年にしかならないと、つい先ごろ処女ではなくなったばかりのように思ってみたくなるのである。ほんの少し早く、あの朱験の話を聞いていたならば、間に合ったのにと、彼女は思うのであった。間に合っていたならば、自ら験《ため》してみたいのである。処女ではなくなってしまったのが、残念でならなかった。その残念さは、四年まえ処女ではなくなる経験をした夜、あの全身での感嘆に気を取られ、何か大きな見落しをしてしまったのではないかと、そんな未練を派生した。処女ではなくなるということは、彼女がこれまで思ってみたこともない、異様な変化であるらしいのだ。何しろ、処女の肌では、洗おうが、年を経ようが絶対に消えない朱験が、処女でなくなることで、たちどころに失せるというのであるから、余程の変化が生じるのであろうと思われる。

処女ではない有夫の身でもって、彼女の処女願望が濃くなった。それは、夫との性交時にも影響するようだった。ほとんど処女の際《きわ》まで立ち戻ったかのような一瞬のはずみが見舞った気のすることもあった。が、そうした一瞬をも、処女ではない彼女の軀では刺戟《しげき》に転じてしまうのだった。

彼女は朱験の話は夫に聞かせてはいなかった。最初は無関心ゆえに聞かせることなどまるで考えず、そうして今更言うには彼女の関心は育《はぐく》まれすぎていた。

それにしても、その話は本当なのか、どうか。用いる小生物はありふれたもので、彼女にしても物心ついて以来、幾度も見かけていた。見かけた場所までは一々覚えていないけれども、その気になれば、やがて手に入れることができそうである。それを食べさせれば真っ赤になって死ぬという××のほう、これはもう全く容易に手にすることができる。所詮《しょせん》それほど手軽に、それほど思いがけない験《ためし》の方法が調うわけなのである。自分ひとりの手で、また誰にも知られずに調えられることも、彼女はしみじみと思ってみた。都合がよいばかりではなかった。その秘事らしさも、彼女の心をそそらずにはいなかった。自分が処女であれば、彼女はすぐにも秘術を使ってみたいくらいなのである。しかし、処女ではない。彼女の処女願望はまた少し濃くなった。

とうとう、彼女はその願望を持てあますようになった。世に例外のないものはないと言われるものの、処女でない女の処女願望の果たされなさには唯一《ゆいいつ》の例外もないことは、生あるものは必ず死すことと同様に確かである。でも、処女の際まで立ち戻ることなら、出来るようだ。彼女はせめて、○○○に××を食べさせれば本当に真っ赤になって死ぬか、どうか、それだけでも確めてみたくなってきた。

そろそろ梅雨はおしまいだった。夫は友人たちと共同で小さな山小屋を一夏の約束で借りていた。数日ずつ交替で使う申合わせがしてあった。彼女は自分たちの一度目の番の廻ってくる日が、一層待たれた。彼女は修道院の尼さんたちが作っている飴《あめ》の入っていた平たい空《あき》罐《かん》に目をつけた。夫のいない昼間、彼女はその蓋《ふた》を畳んだタオルに裏返しに据え、螺旋《らせん》状のワインの栓抜きに垂直の力を籠《こ》めて、尖《とが》った先であちこちに孔《あな》を押し明けていった。

夫の仕事の都合との兼ね合いで、今度の山小屋ゆきは週末を含めて二泊三日の予定である。短い滞在が彼女には不満だったが、今となってはむしろ幸いに思えるのだ。滞在中に例の小生物が得られたならば、用意のその檻《おり》に入れるとして、生きているうちに連れ帰ることができるのでなければならない。ただでさえ、世話も内緒にするしかないので、とても充分とはゆくまい。その朱験の材料だということからしても、彼女がいつの間にか見聞きしているその湿虫の特質からしても、どうも生命力に富む生物のように思えるけれども、その点の実のところは、彼女は知らない。折角見つかり、うまく生獲《いけど》りにしたものの、無事に連れ帰ることが出来てこそ甲斐《かい》があるのだ。二泊三日程度であるならば、着くなり捕獲したとしても、何とか元気なうちに連れて来られるのではないだろうか。

山に滞在中、彼女は夫と別であろうとなかろうと、戸外であろうと、明け放しの窓際に梢《こずえ》の繁《しげ》る湯殿で据風呂《すえぶろ》に浸《つか》っている時であろうと、視線は例の獲物をつい期待していた。しかし、用意の檻は、帰京するまで空であった。

数日後、その日は朝から雨が降ったり、止《や》んだりした。梅雨が遅まきに逆戻りしたかのような、今年最初の台風でも近づいているかのような、蒸し暑い晩になった。一日中家にいた彼女は歩きに出たくもあり、ついでに小買物もまだ出来そうな時間ではあり、買物籠《かご》に財布を入れながら、「ちょっと、その辺まで」と夫に言った。戸を明けると、軒際の燈《あか》りが夜気に混じった淡い雨を截《き》り取って見せた。

その雨も、彼女が戻ってくる頃には、もうなかった。傘を畳んでしまった彼女の頭上に、街路樹から夜目に白っぽい胞子のような小花が梢の雫《しずく》と一緒に落ちてくる。濡《ぬ》れた舗道に、広く小花の群が出来ていた。進む足もとが次々にそうなっているのだった。気がつくと、濡れた舗道を汚しているものがほかにもあった。例の小生物とは別種の湿虫の同じものばかりが、あちこちでひしゃげているのである。いくらか風が出てきたが、先程までの今夜の蒸し暑さと言い、彼等は地震を予知して一斉に這《は》い出てきたものの、道往《みちゆ》く人の犠牲になったのではないだろうか。

横道へ折れて程なく、彼女の住居の形ばかりの門がある。板戸を引き明けた彼女は、玄関までのほんの五、六歩ほどのところを過ぎかけて、ふと傍を見た。ブロック塀の水気を含んだ地膚《じはだ》で、貧弱な雑草のすぐ上のあたりに位置しているのは、このところ彼女が欲して止まない、あの湿虫なのである。勿論《もちろん》、彼女がそのままにしておくはずはない。だが、この場合も、その湿虫の正体について推理を示唆《しさ》することのないように、彼女の捕獲の次第は書かずにおく。

とにかく、彼女はその湿虫を捕えることができたのである。買物籠のなかでは、紙袋のトマトが裸で転がされ、代りに湿虫を入れた袋の口が捻《ね》じってトマトで押えてあった。

「ただ今。——地震がくるのじゃあないかしら」

ストンと傘立てを鳴らすと、彼女はもうそこから言った。「並木の通りを歩いてきて、ふと見たら……」

と小さな屍《しかばね》たちの異変を告げる。

彼女は夫の前に立ったまま、買物籠の紙袋をちらりと見た。それが現われたのも、やはり地震を予知したせいかもしれなかった。付け足したくてならないそのことを口にするわけにはゆかなくて、彼女は一方だけを熱っぽく繰り返す。

「おや、二、三匹死んでいると思ったの。そうして、よく見たら、あっちでもこっちでもそうなのよ。普通じゃあないわよ」

「皆、死んじゃってるのかい？」

「そのようだったわ。きっと、踏まれたからだわ。暗くて、よくは見えないから、知らずに踏んじゃうわ。折角、這いだしてきたのにね。でも、あれだけ這いだしてくるのですもの、地震がくるのよ」

「そうかなあ。道路を掘り返されたからじゃあないのかい」

そういえば、多分天候のせいで今日は休んでいたけれど、その通りの車道は昼夜地下鉄工事の最中なのだ。

「でも、初めてよ、そんなこと。これまで、雨でもそんなことになっているのを見たことない」

「ちょっと行って、みてくるか」

と夫は立ちあがった。

「きっと、びっくりなさるわね。あれを見れば、あなただって、これは只事《ただごと》ではないと……。傘は要らないわ」

彼女は地下鉄工事のせいではあってもらいたくなかった。無気味な夜であるべきだった。生獲った紙袋の檻の湿虫の秘力が強まるように思われる。


彼女は金属の檻を持ちあげ、裏返しに当てておいた蓋を少し斜めにずらした。小さく明いた三角形の片隅を傾けた。下には透明の広口壜《びん》が据えてある。幾度か檻の蓋を叩《たた》いて待っていると、湿虫は空のガラス壜の底へ落下した。一晩経っているのに、生々している。

彼女は用意の××の小皿を取りあげ、割箸《わりばし》でちょっと摘《つま》んで、壜の底まで届かせた。湿虫の先端へ押しやる割箸を壜の口で扱っている彼女の手は、好奇の亢奮《こうふん》で汗ばんでいた。××を残して、箸だけ引き上げ、真上から覗《のぞ》き、横から見透す。湿虫は××に触れた。離れ、また寄った。それから、わきへ移って、無視するように方向を変えてしまう。その新しい先端へも、別の個所へも、彼女は××を入れてみた。じっとしている。食べさせるというのは、片手で湿虫を摑《つか》んで、××を無理にも口へ突っ込んでやることなのだろうかと、彼女は考える。しかし、それには及ばないようであった。湿虫の二度目の先端に置いてやった××が、やがて確かに触れられはじめたのだ。じきに、弧形になってきたほど食べ減らした。まだ、悶《もだ》えも、変色もせず、元気に××と取り組むのを止めない。好物だとみえる。彼女は弧形に減ったところへ追加を盛り直してやるつもりで、箸先に新しく××を挟んだ。が、それを差し入れようとして気がつくと、湿虫の人間の形態に準じていえば両耳の後ろあたりにでも見立てたいような個所が変色しているのである。彼女は手を止めて、じっと見た。湿虫は食べるのを止めている。小豆色に変じた二つの個所が、すっと広がり、赤味を増す。ちょっと身長が縮んだ。一瞬おくれて、赤味は全身を塗り終えた。後端がふるえ、僅かに曲って停止した。まさしく、赤に変じて死んだけれど、真っ赤ではなかった。臙脂色《えんじいろ》というべきだろう。でも、彼女の知り及んだ話は、少なくともそこまでは一応本当だったことになる。

その日は降ってはいなかったが、昨日が昨日であったから、まだ晴れるところまでは行っていない。湿度の高いこの季節に晴れてくれないのは、変色して死んだ湿虫の次の処置たる蔭乾《かげぼ》しには不向きである。でも、明日にも晴れてくれるだろう。梅雨ならぬ真夏になっているのは、何よりだった。

　彼女は臙脂色の屍を網袋に入れた。小さな住居で夫が先《ま》ず行かないのはそこだけでもある、物干台へ出る頭上の庇《ひさし》の裏へ、新しい割箸を横に差し込み、紐《ひも》を短くして、それを下げた。

　そこを出入りするたびに、彼女は網袋ごしに中身の屍をじっと見あげる。その後、雨は降らなかった。赤味が鮮度を増したように感じたのは、四日目ぐらいであっただろうか。意外に、嵩《かさ》は萎《な》えない。で、見ただけでは乾き具合はわからない。踏み台を持ってきた。あがって、吊《つ》るしてあるのを網ごと紙で挟んで、指先で手応《てごた》えを質《ただ》してみると、極上のうるめの干《ひ》物《もの》くらいに緊《し》まっていた。

　我慢に我慢を重ね、どう厳しく考えても、よくよく乾き切ったと感じられるまでには、彼女は四、五度もそんなことをしてみたし、一週間ほど経っていた。赤味は更に鮮度を増し、やはり嵩は大して萎えていない。××をあんなに沢山平げるなり死んだからであろうか。

——地震はなかった。

　すでに、小さな乳鉢が買ってあった。店先で、その名を口にする時、彼女は毒薬の製造でも謀《たくら》んでいるように、眼を伏せた。それから値段の廉《やす》さにびっくりした。家へ持って帰って、空のまま乳棒をごろごろ廻してみながら、真白い鉢も棒も素焼きになっているのは下から三分の二ほどであるのを発見した。

取り下ろした湿虫の干物は、まるで堆朱《ついしゅ》の工芸品のようであった。彼女はそれをば惜しみなく乳鉢に入れ、乳棒でコツコツと割ってゆき、やがて粉にして行った。どこまでも細かくなるようであった。小瓶に入れると、出来上った赤い粉は僅かしかない。下のほうだけ赤くなった乳鉢と乳棒をそのまま包んで、一緒に仕舞った。

ある日、彼女はとうとう誘惑に打ち勝てなくなり、それを取りだした。染ったままの乳鉢の底に、二、三滴水を落とす。色は濡れて、それこそ真っ赤になった。小壜《こしら》の朱粉を少し入れて、乳鉢を使った。新しい筆の用意はない。爪楊子《つまようじ》と綿で、小さな筆を拵える。

験《しる》したものが乾くのを待たずに洗ったならば、その話が本当であり、施した肌が処女であっても、洗い流されて消えるように思われる。又、乳鉢の強烈な赤さを見ていると、万一その話がどこかでこんがらかっていたならば、処女であろうとなかろうと、験したものは絶対に消えないものでありかねないように思えてくる。二つの理由から、彼女は入浴の時以外は濡れない、見えない個所を自分の軀《からだ》に択《えら》ばねばならなかった。案外、いや途方もなく、択び放題であることがわかって、彼女は却《かえ》って困惑した。人体の全皮膚面積は算出すれば、驚くほどの広さにちがいない。男女別、年齢別、人種別などに、その標準面積を調べた人があってもよさそうな気がする。

彼女は大分かかって個所を決めると、小さな筆に真っ赤なのをたっぷり含ませ、座ったまま、うんと軀を捻じる。自分の名前の最初の文字を小さくそこに書き験した。

眠っている時以外、彼女は数時間おきに朱《あか》い文字の所在を確めた。そのたびに無事で、薄れる様子さえなかった。でも、三日目まで待って入浴し、石鹼《せっけん》を使うと退《ひ》いて行った。手の甲に色試しをした口紅を除く時によく似た感じの除《と》れにくさはあった。が、口紅ほどにも消えにくくなかった。

揩《こす》ったための赤味以外には、最早《もはや》どんな赤さも絶無であることが紛れもないその跡を見つめて、彼女は「やっぱり！」と失望と歓喜に浸っていた。朱験のその結果は、彼女の処女願望を指摘し、嘲笑《ちょうしょう》しているようであった。が、彼女は紛れもなく処女でなく、朱文字は洗えば消えたのだった。処女でも消えたという証拠は未確認ながら、朱験の話の真実性は、彼女の結果によって半ばの証明はすんだと言い得るのであり、当然全部も真実であるかもしれないのである。秘《ひそ》かに処女に試してみたいと、彼女は夢みはじめたのであった。


彼女は整理最中の明いた押入れの前に座ったまま、指折り数えてみた。十六年まえのことになると、わかった。あの夏から、十六年経《た》っていた。片付物など始める気になったのは、幾らか涼しくなったからでもある。で、過ぎたその十六年は丸十六年であることは確かだった。それを最後に用いてからならば、丸十六年には足りないかもしれないが……。

彼女の傍には、底の赤く染った乳鉢が、先の赤く染った乳棒つきで置いてあった。彼女の手のガラスの小壜には、赤いものが僅《わず》かに入っていた。彼女がそれを眼の前で振ると、あまりさらさらとはしていないで、赤い小麦粉のように見えた。

彼女はその日の片付物は徹底的にするつもりで、押入れの下の段の奥のほうに永年突っ込み放しになっている段ボール箱なども明けてみた。若かった日に、友人から貰《もら》ったり、夫と旅した時に買ったりした、くだらない土産物の熊《くま》や人形や函《はこ》や状差しが出てきた。丸七年まえに二度目の引っ越しで、初めての自分たちのものであるその家に住むようになってから、一度も使わなかったか、最初のうちだけしか使わなかった食器が、段ボール箱のなかの新聞包みや紙函から次々に現われたりもした。ひどく念入りに包んで、それだけ紐までかけてある包みを明けてみた時、彼女の眼を瞠《みは》らされたのが、その朱験の品一式だったのである。

あの時の幼女は、ずっとあそこで育ったのであろうか、と暫《しばら》く経って、彼女は思いはじめた。四歳くらいの子であった。十六年まえのことであるから、そろそろ二十である。処女ではなくなったかしら、まだそうかしら。

向いの並びの七、八軒先の家の子であった。彼女たちの家同様の小さな家なのに、祖父母も一緒に住んでいた。その老人たちがまた、異常に綺麗《きれい》好きだということだった。そのために子供たちはよく叱《しか》られるので、その子も兄も姉もよく表で遊んでいた。犬や猫も飼ってもらえないらしくて、その子たちが近所のどこかの家に生まれた幾匹もの仔犬《こいぬ》を一時よくかまっていたことがある。彼女は仔犬を借りて遊んでいるのが幼女ひとりである時には、近寄って行って、声をかけた。そのうち、仔犬を連れてこさせて、餌《えさ》を与えさせてやるようになった。彼女は仔犬の食べるさまに気を取られている、その子の頸筋《くびすじ》と切り揃《そろ》えたオカッパとの境をじっと見つめていた。

幾度目かの日、又そこを見つめていた彼女は、「ほら、もう一つおやりなさい」と窓の手《て》摺《すり》の袋の中のを渡してやった。すぐさま、袋のかげの杯の爪楊子を摘まむ。又踞《かが》んで、「これが好きなのよ、ね」ともう一方の手をやさしく肩に置いてから、後頭を撫《な》でがてにオカッパもちょっと持ちあげ、用意の朱を験《しる》した。彼女の子供の頃、そのあたりまで青く剃《そ》っている女の子が珍しくなかった。剃りあとの一部が薄っすらと桃色がかっている子も、時々あった。剃刀負《かみそりま》けのようでもあり、子供のうちだけの痣《あざ》のようでもあった。気づいた時、この子の母親は、あの種の濃いのが出たように考えてくれるかもしれない。

ある日、彼女は見覚えのある女と一緒に歩いているその子に行き会った。幼女はじきに彼女に気がついた。擦れちがう時、「ママ。この人」と幼女は彼女を指して言った。彼女のことをかねて母親に話している様子である。「そうお」と母親は答えおき、彼女のほうは曖昧《あいまい》に見たきり、礼は言わず、抗議もせずに、振り返る幼女と一緒に往《い》ってしまう。抗議の資格のあることに気づいてはいまいが、虫が知らせるように厭《いや》な相手に見えたのだろう。

それも、もっともなのだった。彼女は後めたくて、我ながら奇妙な愛想笑いを浮かべていた気がする。

以後、彼女は幼女を構うのを止《や》めた。すでに、その必要もなくなっていた。少し間をおいて二度、彼女はその子の後ろ頭のオカッパのかげに、中央を少しはずれて、紅生姜《べにしょうが》の破片《かけら》のような験《しるし》があるのを確認ずみだからである。それを見た時——二度目でさえ、彼女はどれほど亢奮したかしれない。A子の場合が相乗されたせいでもあった。

秘かに処女に試してみたくなりだした時、彼女は対象の条件をじきに考えてみた。処女であろうと思えても、もはや死ぬまでそうでありそうな女では好ましくなかった。彼女は朱験の消えないことと消えることとを一つ肌に見たいのだった。当然、若くて、もとより未経験らしい女でなければならず、結果を見るためには会う機会が多くなければならない。会う機会だけは多くても、験を施す機会が得られるような親しい女でなければ困るわけだ。

彼女はどれほど多くの若い女の顔を思い浮かべたことだろうか。行きずりの若い女の顔にも、彼女はしきりに吟味の眼を向けた、処女かどうかと。時には、男になったような気がしたくらいだ。

当時は、屢々《しばしば》夫婦で外出したが、途中でA子に出会ったことがあった。彼女の年下の知り合いだが親しくはなく、夫はA子に会うのは初めてだった。が、夫は自分のやはり年下の友人であるB男にA子を紹介しようと言いだした。よい夫婦になりそうだからと言うのである。これまで朱験の候補にA子を一度も思い浮かべなかったわけではないけれど、早々に外してしまっていた彼女は、絶好の機会だと気がついて二つ返事で賛成した。

双方に趣旨を通じると、取り決めた日曜日にA子とB男は現われた。二人の帰り際《ぎわ》、彼女はほんの一足早く上り口へ行く。部屋から出てきた一同に、直す必要のない二人の行儀のよい靴を直す様子を務めて背中に見せながら、女靴の一方の後ろの内側に朱験を施す。そのまま穿《は》かれた。

A子からも、B男からも、二、三度ずつ電話があった。最初の土曜日、A子はひとりで来た。翌日の日曜日には、夜になって二人で来た。A子の薄いストッキングは左足だけ、踝《くるぶし》に赤い靴ずれでもできたようなものを映していた。しかし、一月《ひとつき》ほど経って、二人が暫くぶりに現われた時、A子のストッキングの踝はどちらも同じになっていた。彼等は結婚しなかった。半年ほど後、同じ頃に別々の人と結婚したのである。

あの一週間、A子が一度も入浴しなかったということもないわけではないけれども、と彼女は当時幾度も思ったことを、また思いはじめる。

彼女は、揩《こす》って洗ったための赤味以外には、最早どんな赤さも絶無となった、その跡をじっと見つめた。三日前、十六年ぶりに自ら施した、朱験が消え去った跡である。

十六年まえとはちがって、今では所有している山荘がありながら、この夏は行かずじまいであったのだ。そこでならば、途絶えた夫の慰めをあるいは得られるのではないかと、幾度か持ちかけてみたけれども。こうまで途絶えた自分の肌は変質して、あたかも処女の近似値のようになっているのではないだろうか。だが、そうではなかったらしい。ほっとして湯に浸《つか》り直すと、大きな慰めと救いが身内に行きわたるようであった。

以来、彼女は、朱い筆を取りたくてたまらなくなることがある。絵を験すこともある。消え去り甲斐《がい》があるように、それとも残り甲斐があるように、彼女の施す肌の験は巧みになり、図柄は凝ったものになってくる。

ホテル・ダンディライオン

安西水丸

ホテル・ダンディライオンの窓から見える風景は、国境線のように延びる鉄条網と、その向こうに広がる丈のある雑草だった。雑草は風にうねり、時折り白い花粉を吹きあげた。

バッテリー・パークの桟橋から、スタッテン島へ渡るフェリーに乗ったのは、午後の一時すぎだった。乗客たちは、フェリーの後部デッキに集まり、遠ざかっていくダウンタウンのビルの群れに見入っていた。それはまるでニューヨーク移民局のガラスケースのなかにあったマンハッタンの模型みたいだった。

フェリーは、犬かき泳ぎに似た泡《あわ》をたてて、アッパー湾をゆっくりと進んだ。無骨に右手を上げる自由の女神が見えた時、遠くイースト・リバーの河口に蜘蛛《くも》の巣を張ったようなブルックリン橋《ブリッジ》が霞《かす》んでいた。

フェリーは三十分ほどでスタッテン島の埠頭へ着いた。

セント・ジョージまで歩き、スタッテン島を南へ下るバスに乗った。バスは左手に広がるロウアー・ニューヨーク湾に沿ってかなりのスピードで走った。ここはアトランティック・オーシャンになる。空はよく晴れていたので、海はビルの間からとぎれとぎれに光って見えた。ぼくはそんな車窓からの景色を、ぼんやりと見てすごした。隣り座席のミミューはずっとガムを嚙《か》んでいた。

ニューヨークの夏は終りかけている。

八月が終りに近づいたら、スタッテン島のオークウッド・ビーチへ行こうとさそったのはミミューだった。ぼくはそれを機に、今まで働いていた写真スタジオを退社した。あとはまた何とかなるだろうとおもった。

バスは一時間もたたずにオークウッド・ビーチへ着いた。

夏も終りに近いためか、海辺にはあまり人影がない。それでも海からの照りかえしがひどく暑かった。ぼくとミミューは、イエローページで予約をとっていたホテルへと歩いた。ホテルの名前はダンディライオンといった。

オークウッド・ビーチには、高層の高級ホテルが建ち並んでいる。ホテル・ダンディライオンは、それらのはずれの砂丘の上にぽつんと建っていた。五階建ての、古くなった金庫を積みかさねたようなホテルだった。

ホテルの回転ドアを押すと、天井で大きな扇風機が苦しげにうなっている。フロントの左奥に、カウンターばかりのバーがあって、男が一人、ビールを飲んでいた。

四階の部屋へとボーイについていった。部屋の番号は四〇六だった。ボーイは頭部の中心の髪がうすくなった、中年の痩《や》せた男だった。彼はぼくたちの部屋が、海に面していないことの言いわけをしばらく言い、エアー・コンディションの説明をくどくどとした。それからぼくのチップをポケットに部屋を出た。

ボーイの引いたカーテンの窓から、オレンジシャーベット色の西陽《にしび》がさしこんでいる。それはオークの床に菱形《ひしがた》の光を貼りつけていた。

エアー・コンディションのスイッチを押した。もぎとられたロボットみたいな顔から、つめたい風を吐きだした。室内の温度は急速に調整されていったが、身体《からだ》からはまだ生温い汗が流れていた。

ミミューはノースリーブのブルーのワンピースのフロントボタンに指をかけていた。胸もとがV字に開いていたので、白い胸が見えるようだった。

ミミューはワンピースのボタンをすべてはずし、ベッドに腰をおろした。胸もとから、白いレースの花模様がのぞいた。ミミューは両手をうしろについて身体をささえている。彼女の足もとに、窓からの菱形の光があたっていた。

「抱いて」

口に出しては言わなかったが、ミミューの身体はそのように見えた。

ぼくはシャワーを浴びたいとおもっていたが、そのままベッドのミミューの左横に腰をおろした。それからミミューのワンピースのなかに左手を入れた。彼女は両手で身体をささえきれなくなり、そのままベッドへと仰向きに倒れた。ミミューの性器はすでに濡《ぬ》れていたけれど、それは身体をつたってくる汗のようにもおもえた。

ワンピースのままミミューを抱いた。熱をおびた性器がぼくをしめつけた。ミミューは脚を開こうとしているようだったが、ショーツが足首にからまっていたので開けなかった。ミミューの身体はSの字にくねった。ワンピースがはだけて白い肩があらわになった。肌《はだ》にはアーモンドの匂《にお》いがあった。

ミミューは、ぼくの耳を両手で押さえていた。耳から手がはなれた時、波のようなざわめきがなだれ込んだ。射精していた。

ぼくはゆっくりと時間をかけてシャワーを浴びた。両手をレモンをしぼるようにきつく握り、シャワーに顔を向けて何度も首をふった。白いタイルの貼られたバスルームは、ゆったりした広さだった。

ミミューはまどろみはじめていた。

ぼくは鞄《かばん》からラグビー用の濃紺のトランクスを取り出した。それから霜降りのスウェットを着て、素足のままの足を茶色のインディアン・モカシンにつっこんだ。

窓の外の、鉄条網の向うに広がる草むらの上空には、まだほてっている太陽がある。海辺へ行ってみたいとおもった。

ホテル・ダンディライオンから、砂丘を下るようにして海辺へと歩いた。砂浜には誰もいなかった。東南に延びる砂浜には、低い波が行ったりきたりしている。

防砂用のために葦《あし》で組まれた柵《さく》が、三百メートルほど波に平行して立てられていた。柵の根もとには道芝がおいしげっている。砂の上に腰をおろし、葦の柵に寄りかかった。さざ波が砂を舐《な》めている。

時折り突風が吹いた。ぼくは砂を叩《たた》くような音に立ちあがった。遠くから男が走ってくる。男は三十ほどの年恰好《としかっこう》に見えた。口髭《くちひげ》をつけ、ズボンからのサスペンダーを上半身裸の肩にかけていた。ポマードでかためた髪を光らせながら、男はぼくの前で立ち止り軽く右手をあげた。彼の挨拶《あいさつ》らしかった。ぼくは立ったままで「ハイ」と小さく言った。

「日本人かい？」

男の問いにぼくは「そうだ」と答えた。

「日本には行ったことがある。サセボ、イワクニ、知ってるか？」

男は日本の米軍基地の名を二つあげ、自分はエド・サルバドーレだと名のった。男の左肩に十五センチほどの火傷《やけど》のあとがあった。火傷はひきつった笑いに見えた。

「ダンディライオンに泊ってるんだろう。あそこなら毎日行ってる。夜、よかったらバーで飲もう」

エド・サルバドーレと名のった男は、そう言ってまた走り出した。ミミューとホテルに着いた時、フロント奥のバーで、一人でビールを飲んでいた男だと気づいた。

彼は波《なみ》うち際《ぎわ》に沿って走っている。時々前後左右にステップをとり、シャドウ・ボクシングをくり返す。右手を前に出してガード姿勢をとるサウスポー・スタイルだ。この男はボクサーの経験があるとおもった。気になるのは、走りながら左に少し身体が崩れることだった。サルバドーレは、風で巻きあがる砂埃《すなほこり》のなかに小さくなって消えた。消えた方角に、陽がゆっくりと傾いていく。

ぼくは霜降りのスウェットを脱いで、葦の柵に両袖《りょうそで》を結んだ。裸足《はだし》になり、波に向かってゆっくりと走った。水に入ると速度がにぶった。波が膝《ひざ》あたりまできたところで、頭から浅く海中に身体を投げ入れた。潜水のまま前進した。水のなかは生温かった。海面に顔を出すと、風がひんやりと頬《ほお》をなでた。

水平線に向かってクロールで抜き手をきった。左手で水をかいた瞬間右手が前進する。右手が水をかき左手が前進する。呼吸のため顔半面が水面に出る。水面が顔を切り裂く。空が斜めにある。

両足が上下に水面をたたく。時折り両足をスクリュー式に、半円を描くようにして水を蹴《け》る。はじめはゆっくり、そしてしだいにスピードをあげる。身体が小気味よくリズムにのって波を裂いていく。1ストローク、2ストローク、1ストローク、2ストローク。水のなかは水面に陽をうけて色のない明るさでゆれた。


ミミューのことをおもった。

ミミューはノルウェーのオスロからの留学生だった。コロンビア大学でマスコミ社会学を専攻している。

ミミューと会ったのは、ぼくが東京からの旅行者を案内して出かけた、タイムズ・スクエアの近くのピープ・ショーのなかだった。

ミミューの出ていた店の名は〈PUSSY CAT〉といった。円筒形の周囲には二十ほどの小さな個室があり、見物者はその個室に入り、小さな覗《のぞ》き窓から三分間二十五セントで女の裸を観賞する。青白くゆっくりと回転するライトのなかで全裸のミミューは音楽に合わせて軽いステップを踏んでいた。

その後ぼくは仕事の帰り、一人で何度か〈PUSSY CAT〉に出かけた。ショーは、交代制になっているらしく、ミミューを見たのは二回だけだった。彼女はいつももの憂《う》げだった。照明で、彼女の肌は葱のように白く見えた。

ミミューと親しくなったのはまったくの偶然といっていい。

昨年一月のことで、雪の日だった。そんな日の午後、ミミューは突然ぼくの職場である写真スタジオにやってきた。ここで専属モデルをしているリンダの友だちということだった。リンダにミミューを紹介された時、ぼくは少しとまどった。ミミューがちょっと怪訝《けげん》な顔をした。

「あら、知り合いだったの」

リンダに言われて、ぼくはあわてて首をふった。リンダはモデル仲間でも、レズビアンとして知られていた。ミミューはリンダの恋人なのかもしれないとおもった。二人は、同じアパートで暮しているらしかった。

リンダは日本贔屓《びいき》で、ぼくにはいつも親切だった。仕事でよくぼくのスタジオへやってきた。そんな時、よくミミューのことを話題にした。〈PUSSY CAT〉での白い身体と、リンダに紹介された時の、ミミューといった変った名前が頭からはなれなかった。

セント・パトリックデーのすぎた数日後だった。ぼくは突然リンダのアパートへ招かれた。リンダのアパートはリバーサイド・ドライブにあって、ウェストエンドのぼくのアパートからは三ブロック北という近さだった。三月も下旬だったが、空には重い雪雲が広がり寒かった。こんな日は、突然の吹雪に見まわれたりすることがある。

　リンダのアパートまで歩いた。鉛色のハドソン川がゆったりと流れていた。

　アパートのベルを押すと、ドアチェーンのはずれる音がして、ミミューがあらわれた。ミミューはジーンズにコロンビア大学のネーム入りのレガッタTシャツを着ていた。長い山吹色の髪をうなじで輪ゴムでとめている。〈PUSSY CAT〉での、もの憂げにステップを踏むミミューとは少しイメージがちがって見えた。瞳《ひとみ》はあさぎ色をしていた。

　ぼくたちはワインを飲みながら話した。リンダはよく話したがミミューは言葉が少なかった。ミミューは日本や東京に興味を示していた。彼女にとって、日本が神秘の国であるように、ぼくにもミミューの国であるスカンジナビア半島のノルウェーは未知の国だった。

　リンダが小さな木の箱から細く巻かれた緑の乾いた葉を数本とり出した。ぼくたちはかわるがわるその緑の葉の煙を吸い込んだ。

「わたしリンダの恋人」

　ミミューが言った。リンダがミミューの肩を抱きしめた。ぼくは思考が緩慢になっていた。目の前のミミューが裸で踊るミミューに見えた。

「君を〈PUSSY CAT〉で見た」

ぼくはもうろうとした頭でミミューに言った。

「あそこ、わたしがミミューにすすめたのよ。彼女はわたしの言うことは何でもきくの。可愛《かわい》いミミュー」

リンダがミミューを抱きながら言った。

リンダは、ソファに横になったミミューを裸にした。ミミューはされるままにしていた。リンダがミミューの性器に自分の膝を押しつけた。ミミューはその膝を両脚でつよくはさみ込んだ。リンダが丸めた舌の先きで、ミミューの耳のアウトラインを小鳥のように突《つっ》いた。

日が暮れて外は雪になった。

リンダはミミューを愛撫《あいぶ》しつづけた。

ぼくはリンダに言われるままに、ソファにぐったりと横たわったミミューを抱いた。窓の外は、春の雪がはげしく降りつづいていた。

リンダのアパートでのこと以来、ミミューは時折りぼくのアパートへやってきた。ぼくはきまってミミューを抱いた。

ミミューは白夜《びゃくや》の話をした。

白夜は、高緯度地方において夏至を中心とする六月頃《ごろ》からみられるという。日没から日の出までの数時間の夜が、暗くならずに明けるのだ。

「ニューヨークへ渡るため、オスロ空港を立つ朝も白夜のまま明けたわ。その日のことを時々思い出すの。〈PUSSY CAT〉で踊っている時もよ。あの青白い光のなかにいると、いつも白夜の夜をおもうわ」

「白夜……」

ぼくは白夜を知らなかった。それでもミミューから漂う気怠《けだる》い気分から、白夜の夜を頭に描いた。この北欧の女の肌は白夜に似合うとおもった。

東京を立った冬の日を思い出した。ニューヨークでは、はじめブルックリンにある美術学校の写真コースに入学したが、一年もつづかなかった。日本領事館にいた知人の紹介で、何とか写真スタジオでの仕事についた。それからすでに五年がすぎた。ぼくは二十五歳で、ミミューは一歳年下だった。


陽がおちて、ぼくは海から上った。スウェットで髪をふき、濡れた身体にそれを頭からかぶった。道芝の上のインディアン・モカシンのなかに砂がうっすらとたまっていた。

部屋にもどると、シャワーを浴びたのか、濡れた髪のミミューが、窓辺に椅子《いす》を引きよせてたばこを吸っていた。ミミューはパステルブルーのシルクサテンのテディのままで、両足を開きぎみに窓の縁にのせている。

「泳いだ?」

ミミューは身体を窓に向けたままでふり返った。

暗くなった窓の外の草むらが、ホテルからの光でうごめいて見える。

「飛び魚の群れみたいだ」

ぼくはミミューに言った。

「夜になると、いろんなことが変ってくる」

ミミューが灰皿にたばこを捨てた。

東洋の海に浮かぶ小さな島国からの男と、スカンジナビア半島の白夜の国からやってきた女の二人が、古ぼけたホテルの窓から、夜の殺風景な草むらを見ていることがおかしかった。

夕食のためホテルを出た。

砂浜を歩くと、夏虫が目の前を飛びかった。高層ホテルの灯《あか》りが波うち際まで明るくしている。遠く東の方角に、暗いロウアー・ニューヨーク湾をとおしてブルックリンの夜景がもりあがっていた。ナロウズ・ブリッジを渡る車のライトが、夜光虫のように尾を引いて流れた。

海辺の砂はまだぬくもりを残している。

ミミューはマリン風のストライプのTシャツに濃紺のコットン・パンツを踝《くるぶし》までめくっていた。

空に星がある。それはこぼれおちるようにしてブルックリンの夜景に溶けこんでいた。ぼくたちは砂に足をとられながら時々夜空を見あげた。

「ミミューは大学を終えたら、オスロに帰るの？」

ぼくは言った。ミミューはしばらく黙って歩いた。

「わからない。もしかしたら、もうすぐニューヨークを出るかもしれない」

ミミューは両手をうしろに組み、少しうつむきかげんに言った。

「ニューヨークを出てどこへ？」

ミミューはまた少し黙って歩いた。それから「北の方……」とぽつりと言った。

「北の方？」

「そう、ずっと北の方よ。カナダとの国境、グランドポーテージ。友だちが小さな新聞社にいるの。来ないかって言われていて」

ミネソタ州グランドポーテージは、カナダに接し、スペリオル湖に面した北の町だった。

ミミューにはそれもいいとおもった。

ぼくたちは、〈サルーチョ〉というメキシコレストランでジャンバラヤとワインの夕食をとった。〈サルーチョ〉の外壁には、ソンブレロにギターをかかえた男たちが描かれている。ミミューはそのうちの一人の顔がおかしいといって笑った。ミミューの笑顔を見るのはあまりなかった。

ホテル・ダンディライオンのバーで、エド・サルバドーレはキューバ・リブレを飲んでいた。ぼくはジン・トニックを飲んだ。ミミューは、疲れたといってミント・フラッペを一杯だけ飲んで部屋へ上った。

ダンディライオンのバーは、玉虫色のベストを着た老バーテンが一人でやっていた。客ははじめはぼくとサルバドーレの二人だけだった。途中から若い黒人の女をつれた黄色いジャケットの中年男がきて四人になった。店内には、どこかで耳にしたことのあるラテンのリズムが流れていた。そんなリズムにからみつくように、頭上で扇風機がまわっている。

「ベトナムから日本に着いた時はほっとしたな。これで何とか生きて帰れるとおもった」

サルバドーレは、ベトナム帰りのエレベーター修理工だった。このオークウッド・ビーチのホテルに数軒の契約を持ち、毎日点検してまわっている。

「サル、新しいのつくるか」

「ああ、マーチン」

老バーテンをサルバドーレはマーチンと呼んだ。サルバドーレはここではサルと呼ばれているらしかった。

「サル、カムバックの調子はどうだい？」

「ああ、上々だな。この調子でいけば、アリへの挑戦《ちょうせん》だって夢じゃなくなる」

サルバドーレは笑いながらバーテンと話している。サルの陽に焼けた顔には、いかにも戦争でたたきあげたといった精悍《せいかん》な闘志が感じられた。

「ボクシングはだいぶ前から？」

ぼくは訊《き》いた。サルが中学の時からと答えた。

エド・サルバドーレはシシリアンの血を引いてニューヨークのブルックリンで生れている。家が貧しかったので、小さい時から何とかボクシングで成功してやろうとおもっていたらしい。徴兵されベトナムへ送られたのが三年前、ベトナムでは二年の間、常に前線に立たされた。左脚を負傷して日本へと送られた時は、長年のボクシングへの夢がぼろぼろと目の前でくずれていったという。

砂浜を走るサルバドーレの身体が妙に左に崩れていたことを思い出した。この男には、もうボクサーは無理だろうとおもった。

「ショロンの戦闘で脚をやられて、数メートルもぶっ飛んだ。もうだめかとおもったが、何とかここまでやってきた。なに左フックさえ命中すれば、誰だってマットに沈めるさ。沈めたい奴《やつ》はいっぱいいるよ。リングの外にだってな」

サルバドーレは少し酔った口調になった。酔って威勢をはる彼には、男のやるせなさが漂っていた。ラテンリズムのテンポが早くなった。

回転ドアがまわる音がして騒《ざわ》ついた靴音《くつおと》がフロント・フロアに響いた。靴音はそのままバーのなかへとなだれ込んできた。マドラス・チェックのジャケットを着た大男と、白い半ズボンの男、それに小人のように小さいメキシコ系の男の三人がバーの入口付近のカウンターに陣どった。三人ともだいぶ飲んでいるようだった。マドラス・チェックの大男の顔は青ざめていた。

バーテンは、三人の男から注文をとり、無言でシェーカーを振った。

その時、シェーカーを振る音にまざってミミューといった名前が耳に入った。あるいはそんな気がしたのかもしれない。サルバドーレの肩ごしにカウンターの三人連れを見た。ぼくの目が半ズボンの男の目と合った。あわてて視線をはずした。蛇《へび》のような目だった。

「ミミューがほんとにここにいるのか」

今度ははっきりとミミューと聞こえた。

「〈PUSSY CAT〉のミミューがいるんなら会いたいじゃないか」

メキシコ系の小男が言った。なりは小さかったが、がっしりとした体格をしている。

「さっき電話があったばかりさ。誰か連れがいるらしいんだが。とにかく俺《おれ》はミミューをモデルに、売れそうなフィルムを企画してるんだ。アルバロ、またお前のモノを借りることになるぞ」

マドラス・チェックの男がメキシコ男に言った。小柄《こがら》なメキシコ系の男は、アルバロという名前らしかった。

ミミューはホテルの部屋で眠っているはずだった。疲れたと言って部屋へ上ったミミューは、彼らに電話したのだろうか。

時々ミミューがぼくのアパートへ連れてくる、ピープ・ショーのダンサーや、水商売風の怪しげな男たちがうかんだ。

「気にいらねえ野郎たちだ」

サルバドーレが耳もとで吐きすてるように言った。ぼくには三人の男たちは特別に気にならなかった。サルバドーレは、縄張《なわば》り争いにいらだつ動物のような本能をはたらかせていた。彼がまた新しくキューバ・リブレを注文した。ぼくはバーを出た。

よく晴れて暑い日がつづいた。

ぼくはミミューと毎日のように海に出た。海辺には時折り犬などをつれた老人がやってくるだけで、ほとんど人影がなかった。ミミューは陽《ひ》やけをきらい、ホテルから借りたビーチ・パラソルを砂浜に立てた。ビーチ・パラソルは色あせていたが、ホテルの名前どおりタンポポの色をしていた。その色のなかにホテル・ダンディライオンの赤い文字があった。

オークウッドにきて四日がすぎた。

その日もぼくたちは海にいた。午後になって急に雨雲が広がり雨がきた。砂浜は雨にうたれた。ぼくは砂浜に沿ってクロールをしていた。左ストロークで顔をあげると、口のなかに雨がおちた。雨の垂直におちる砂浜で、ビーチ・パラソルの下にうずくまるミミューが見えた。時折り手を振っている。砂浜へ上るようにという彼女の合図だった。

ぼくはクロールをつづけた。

右手から伸びあがるようにストロークする。顔半面で水面を切る。左手がストロークする。伸ばしきった両脚で強弱をつけながらのバタ足。全力で進み、水中ターンを切ってスピードをゆるめる。雨がシャワーのように顔を打つ。ぼくは同じことを何度もくり返した。

あれからホテル・ダンディライオンのバーで何度か三人組の男たちに会った。

彼らはいつも同じような服装をしており、怪しげな会話をかわしていた。どうやらミミューとは知り合いのようだった。ぼくは三人の男と、ミミューとの関係を知りたいとおもった。しかしミミューにはそれを言わなかった。

彼らの出現でミミューの身辺が特別に変ったようにも見うけられなかった。毎日のようにいっしょに海に出て、ビーチ・パラソルの下で寝そべって本を読んでいた。ぼくが水から上ると、パラソルの下で眠っていたりした。本のページが風に吹かれていた。

彼女はフランスの小説が好きだと言った。一九四〇年に、ダンケルク撤退で戦死した、ポール・ニザンの「アデン・アラビア」を愛読していた。ぼくはミミューについて知らないことが多かったが、特別に知りたいという気持もなかった。

ぼくは性欲にまかせてミミューを抱き、ミミューから漂う気怠い波のなかで浮遊していた。それは人影もない海で、無意味にクロールのストロークをくりかえしている今の自分とよく似ていた。

「夏の終りの海って温度がないみたいでしょう。つめたくもなく、あたたかくもない」

だから好きだとミミューは言う。

雨雲が西の方から切れてきた。雲の輪郭が金色に光り、陽ざしが放射状に海面に突きささっている。

ぼくは身体《からだ》を仰向けに水中を蹴《け》った。ミミューのビーチ・パラソルが見え、その向うにホテル・ダンディライオンが小さく見えた。雨の海で少し流されたようだった。遠くへきてしまったとおもった。身体が冷え、ぼくはミミューの身体を欲望した。それは海辺までの距離だけではなく、現実からも遠く離れてしまったようにおもえた。

水面に陽ざしがもどった。水中がゆらゆらとゆれた。

身体をひねってから潜水し、伸びあがってから海面でひと息つき、そのまま砂浜に向かって全速の抜き手を切った。水の深さが徐々に狭《せば》まり、水中の色が変化していく。低い波に身体をまかせるように砂浜にのりあげた時、漂流者のように疲れきっていた。

ミミューの横に寝そべった。ミミューが半分溶けたキャンディを口うつしにおとした。口のなかに眠りをさそうような甘さがひろがった。

「クロールってさみしい泳ぎ」

ミミューがぽつんと言った。

「スピードが出るし、無駄《むだ》のない泳ぎだ。リズムにのるとたまらなくいい」

「わたしを抱いてる時みたい？」

「そうかもしれない」

「でも雨のなかのクロールってさみしい。凪みたいよ。遠くに行ってしまうみたい」

陽の傾いている西の方に目をやった。誰かが走ってくる。サルバドーレだ。陽を背に受けたサルバドーレの黒いかたまりは、やがて人間の形をなし、前後左右にステップを踏みながらシャドウ・ボクシングをくり返す。彼には二度と栄光などやってこない。サルバドーレはそれを知りつつ、シャドウ・ボクシングをくり返している。それをすることで、彼は失われた時をとりもどそうとしているようだった。

その夜、ぼくとミミユーはバーにいた。

いつものようにぼくはジン・トニックを飲んだ。ミミユーはミント・フラッペのストローを吸っていた。

回転ドアがまわり光が動いた。ミミユーがドアの方に目をやった。

「ミミユーじゃないか」

男の声でぼくもバーの入口の方を見た。例の三人組の男たちだった。ミミユーは表情を変えずに、身体だけを男たちの方へ向けた。

「ミミユー、久しぶりだ。電話があったので何度か俺たちきてみたんだ。連れがいるんじゃ悪いとおもったんだけどな」

三人のなかのマドラス・チェックの大男がぼくの方を見ながら言った。ミミユーはカウンターに右肘《みぎひじ》をついたままで立っている。

「ミミュー、今夜はどこかで飲もうぜ」

小柄なメキシコ男が言った。ミミューは、グラスに残ったミント・フラッペをストローで吸いあげた。それから細い顎《あご》をあげるようにして、天井でまわる扇風機に目をやった。ミミューの砕けそうな顎が、胸もとへとやわらかいカーブを描いた。

ミミューがミント・フラッペを飲みほしたことで、三人の男たちは彼女が自分たちといっしょに出かけることを了解したとおもったようだ。ミミューがぼくを見た。

「いっしょに?」

ミミューは言った。ぼくは小さく首を振った。ミミューはじっとぼくの目を見つめた。ぼくは同じように首を振った。

ミミューは男たちとダンディライオンを出ていった。ぼくは新しくジン・トニックを注文した。

少しの間があって、サルバドーレがやってきた。

「ミミューが男たちと砂浜の方へ歩いていったぞ」

サルバドーレは、ミミューたちとすれちがったようだった。

「いいのか、あんな奴らといっしょで」

サルバドーレは、三人組を気に入っていなかった。

「ミミユーは誰の言うこともきかない」

ぼくは言った。少し気分が沈んだ。

「今日の午後の雨すごかった。あの雨のなかで泳いだんだ」

ぼくは話題を変えた。

「そりゃすごい。この季節にはよくやってくる雨だ。まるでスコールだろ」

サルバドーレが言った。

彼はキューバ・リブレにピンク色の小さな角砂糖をひとつおとした。この男はいい奴だ。

今夜はこの男と酔いつぶれてみようとおもった。

サルバドーレと別れたのは何時だったのか、気がつくと部屋のベッドの上にいた。

時計を見ると、午前の四時をまわっていた。白みはじめた窓が濡《ぬ》れていた。深夜あたりから雨になったようだった。ホテルから洩《も》れる光が炭酸水のように泡《あわ》だっている。

ミミユーは、とおもったが、彼女は三人組の男と出かけたきりだった。

「ミミユーは……」

またひとり言のようにつぶやいた。いったいどこへ行ったのだろうか。

ぼくはミミユーを、はじめて自分のアパートで抱いた時のことを思い出した。あの時から、
ぼくはミミユーがいつか昨夜のように、自分の前から消えていくような気がしてならなかっ

た。ベッドの上で、両手を頭の下に組み天井を見つめた。こんな状態で、今のぼくのように頭の下に両手を組んで天井を見つめた男は何人いたんだろうか。笑いたい気分になった。窓の外は夜明けの明るさがましていた。

――モノクロームの映画みたいだ。

ピープ・ショーの青白い光の円筒で踊るミミューがうかんだ。ミミューの言う白夜《びゃくや》の夜をおもった。睡魔におそわれた。

昼近くに目ざめた。雨はまだ降っている。ミミューは帰らなかった。

ホテル近くのコーヒー・ショップまで歩き、トーストとスクランブル・エッグをとりコーヒーを飲んだ。

砂丘が雨を含み、ねずみ色のまま海の色に溶けこんでいる。雨にけむる海に、時折りゆるやかな曲線の白い波が見えた。

ホテルにもどったぼくは、しばらくロビーに立って雨の海をながめた。砂丘を黒い影が上ってくる。それは百メートルほど先でミミューだとわかった。ミミューは、昨日の夜の濃紺のサマー・ドレスのままで雨に濡れて歩いてくる。

ぼくはホテルの玄関に出た。ミミューの山吹色の髪から雨のしずくがおちている。

「ミミュー」

ミミューに近づいて言った。

「寒いわ」

ミミューはぼくの頬《ほお》に唇《くちびる》をつけた。

「ミミュー、泳ごう」

ぼくは言った。ミミューは少しためらっていた。ぼくはミミューの手をひっぱるようにして砂丘を駆けおりた。

ぼくたちは服のまま、雨の海で泳いだ。身体によじれるように張りついた濃紺のサマー・ドレスで、ミミューは魚のように見えた。


ミミューはシャワーを浴びていた。ぼくはぼんやりと窓の外の雨を見た。草むらにはまだ雨がしきりと降っている。

バスルームを出たミミューは、濡れた身体をていねいにタオルでふきとった。それからベッドの上に腹ばいになり、サイドテーブルの上のたばこをとった。ミミューは一度口にたばこをくわえ、またすぐに灰皿に置いた。ミミューのよくする仕種《しぐさ》だった。

「わたし明日、帰ろうとおもう」

ミミューの突然の言葉にぼくは少しとまどった。ミミューは灰皿にうつしたたばこをまた口にくわえた。

「帰るって、どこへ」

「マンハッタンよ。わたしやっぱりグランドポーテージの友だちのところへ行こうとおもう。そのために一度マンハッタンに帰る」

ぼくにはミミューを引き止める理由が見つからなかった。それでいて何か言って引き止めるべきだともおもっていた。

「雨なかなかあがらないね。まだ降るのかな」

ぼくは雨のことを言った。

「ここに来てよかった。あなたの泳ぐクロールを見て、いろんなこと考えたわ。とてもすてきだった。忘れない」

「またいつかいっしょに来れたらいいね」

ぼくは言った。

ミミューは何も言わずたばこを深く吸いこんでからため息のように煙を吐いた。昨夜のことを、ミミューに訊《き》いてみるべきだともおもったが、口に出せないまま、あいまいな空気が流れた。そんな気持のままでミミューを抱いた。アーモンドのような肌《はだ》の匂《にお》いを、ぼくは時々思い出すかもしれない。

翌朝、雨はうそのように晴れた。空の青は秋のように深く、風が心地よかった。ミミューと三人の男たちのことは夢のようにおもえた。

マンハッタンへ帰るミミューをセント・ジョージ行きのバス・ストップまで見おくった。バスはすぐにやってきた。走り出したバスの後部座席でミミューが手を振った。ぼくは両手をポケットに入れたままで立っていた。バスは遠ざかっていった。バスが見えなくなるまで立っていた。それしかぼくにはできなかった。

帰り道、気温が上り暑くなった。アスファルトの白線の照りかえしがまぶしかった。白線の上を歩いた。車が通りすぎるたびに、熱風がぼくをおおった。

ホテルにもどり、しばらくベッドに寝そべった。天井の壁がはがれ、はがれた部分がアフリカ大陸のような形をしていた。サイドテーブルには、ミミューの残していったメンソール入りのたばこや、プランターズのサンフラワー・ナッツがあった。サンフラワー・ナッツの青い缶《かん》を引きよせ、左手ですくった。右手の人さし指と親指をつかって一粒ずつ口におとした。つらい気持になった。

午後になってフロントにおりた。老バーテンのマーチンが、一人でたばこを喫《す》っていた。

「一人かい？」

マーチンはぼくを見つけて言った。黙ってうなずいた。さそわれるままにマーチンのいるソファに腰を下した。

「マーチンさんは何年くらいここに?」

マーチンは喫っていたたばこの火を灰皿で揉《も》み消しながら、しばらく考えるふうだった。

「そうだね。三十年くらいになるかね」

「三十年……。じゃあぼくが生れる前だ」

マーチンはちょっと肩をすくめ、「テリブル」と言って笑った。

非常口のドアが開き、サルバドーレがエレベーターの点検用の箱をかかえて声をかけた。陽にやけた顔が油で汚れている。

「今日は早いな」

「忙しそうだ」

彼は「なあに」と言って白い歯を見せた。

「モハメッド・アリを沈めるまではがんばるさ。これでね」

サルバドーレは道具箱を持った左手を上げた。この男に燃える希望がうらやましかった。

マーチンが、そろそろカウンターでもみがこうと言ってソファから立ち上った。ぼくは外に出た。

空が青く雲が流れていた。砂浜まで歩き、いつもミミューがビーチ・パラソルを立てていた葦《あし》の柵《さく》に、立ったまま寄りかかった。

風が左から右へと吹いている。足もとの流木を折り、波《なみ》うち際《ぎわ》まで一本の線を引いた。その線に沿って歩く。葦の柵から波うち際まで何度も行ったりきたりした。

時折り、フェリーで一人帰ったミミューのことをおもった。フェリーのデッキで風に吹かれているミミューの山吹色の髪がうかんだ。ダンディライオンでの三人の男たちのことも気がかりだった。しかし、彼らのことを知ったからといってどうなることではなかった。

ぼくはまた波うち際まで歩いた。歩きながら両手でクロールのストロークをくりかえした。それはサルバドーレのシャドウ・ボクシングのようだった。

泳ごうとおもった。人さし指を目の高さに立てた。南西の風、風力は4と感じた。海面東の沖に青黒いうねりがある。

葦の柵にスウェットの袖《そで》を結び、海に向かってゆっくりと走った。海面すれすれに海鳥が飛んでいる。

ぼくは海中に沈んだ。潜水のまま数メートル大きく水をかいた。水中で身体をひねり、海底を背に水を蹴《け》った。水のなかをきりもみして進んだ。呼吸のため身体が水面に出る。両手で顔の水をぬぐい、また海中に沈んだ。

砂浜に沿ってクロールのストロークをくりかえした。ストロークのたびに、指先から海水が散った。1ストローク、2ストローク、ぼくはクロールのストロークをくりかえしながら、一人だけこの島にとり残された気持になった。

みんな帰ってしまった。これからどうしようとおもった。ぼくにはまだ行先きが見つからなかった。水中でターンを切った。

夏が終っていく。ぼくは誰もいない海で、一人クロールのストロークをくりかえした。

十日間の死

江國香織

あたしたちは二人組だと思っていた。

気をぬくとすぐに涙がでてくるけれど、これはマークのための涙ではない。マークのためになんか、あたしは泣いてやらない。あたしは失われた真実のために泣いているのだ。

セント・ジェイムス、というホテルに、いまあたしは泊っている。父親のクレジットカードの請求書が届くまでは、誰にもあたしの居場所はわからない。

あたしは混乱している。そして、半分死んでいる。

あたしには信じられない。マークが彼女に駆けよったことが、全然信じられない。あれは、あたしたちのためにしたことなのに。

あたしは十七歳で、逃亡者だ。二人組だと思ってたけど、それはあたしの誤解だったみたい。ああやだ、また涙。こんなふうにして、あたしはだらだら泣き続けている。掃除係に電話をかけて、さっきティッシュを三箱もらった。鼻の下の皮膚はもう赤くすりむけてしまった。

いずれみつかって家に連れ戻されるだろう。でも、あたしにはそれはもうどうでもいいことのように思える。マークと逃げるのでなければ、マークと世界を新しくするのでなければ、あとはどこにいても、何をしても、おなじことだ。

きのう父親のクレジットカードで服をいっぱい買ってきたので、着替えはたっぷりある。あたしの逃亡生活は、きょうで四日目になる。

ここは気どった、いけすかないホテルだ。昔の修道院かなにかみたいに、ながい回廊でつながった平屋建ての建物。瓦屋根と赤レンガ、それに夥しい量のガラス。内装はひたすら白く、あちこちにアンティークなタイルが使われている。ガラスばりのバスルーム。電動式のブラインドを上げると壁一面またガラスで、高台に建つこのホテルの窓からは、小さくて思いきり古い、あたしの大嫌いなボルドーの街が見渡せる。

夜、それは息を呑むような眺めだ。手前の並木は姿を消し、戦争にさえ屈しなかったこの街の石造りの建物たちが、影絵みたいに浮かびあがる。

「ゴージャスだ」

マークならきっとそう言っただろう。様々なかたちの尖塔、路地の灯り。マークもあたしに劣らずこの街を嫌っていたが、一方で、古いものにはかけがえのない、揺るぎない美しさがあることを、マークはちゃんと知っていた。ただしマークは語彙が乏しかったから、なにもかも「ゴージャス」か「プリティ」、そうでなければ「ラブリー」で片づけてしまうのではあったけれど。

質素にして優雅、寡黙にして饒舌なこのボルドーの街で、あたしとマークははみだし者同士だった。

あたしの名前は加藤めぐみ。父親の転勤に伴って、五歳から十四歳までフランスで暮らした。ランス、というのがその頃あたしたちの住んでいた街の名前で、ランスもボルドーとおなじくらい古く、しずかで美しい街だった。

十四歳で帰国して、「短大まで受験なしでつながっている」東京の学校に入学したが、あれは最悪の日々だった。あたしには、あの子たちが一体どうしてあんなにおとなしく、子供みたいなふりをしていられるのかいまだに理解できない。それに、正直なところ授業についていかれなかった。おそろしく難しいんだもの。

高校一年の三学期に、あたしは自主退学をすすめられた。あたしは退学したいと言い、両親は退学して何をしたいのかと訊いた。せっかく日本にいるんだから九州で焼きものを焼くとか京都で染色をするとかしようかな。冗談半分にそう言ったら父親に叱られた。あたしも本気でそういうことがしたかったわけじゃない。他に何も思いつかなくて、でも学校はもううんざりだったから言ってみただけだ。

結局あたしは高校を退学し、半ば強制的に留学させられてしまった。この国の文化を愛してやまない両親に言わせると、「もっともフランス的な精神の残る街」であるボルドーの、女子寮つきの高等学校に。

それが去年のことだ。あたしは十六歳の、不貞腐れて不機嫌な娘だった。いま思うと、それも当然のことだ。あたしは世界に参加していなかったんだもの。自分の目でなにもかもみるっていうことだけど。

マークに出会って徐々にそれを教えられるまで、十六年間もよく生き延びてきたと思う。自分の人生も持っていなかったのに。

どこから話せばいいだろう。出会い？　それともマークという奴について？　旅？　キスとかセックスとかの話？　ハーレーダビッドソンと、あたしたちの「おいしいもの」と、週末ごとにでかけた見本市と、ばかみたいなジョークと、人生が突然ひらけたみたいなめくるめく発見のあの日々を、どこから語ればいいだろう。

あたしは母親に連れられて、夏の終りにフランスに戻った。秋からの新学期にまにあうように。だから母親のことから始めるのがいいかもしれない。身長一六〇センチ体重五二キロ、シックで上品なマダムにみえるように、若いころから髪をひっつめているけれど、そのわりには口紅の輪郭が唇より二ミリも外側で、年と共にアイラインのひき方も派手になったえせフランス人の「ママ」のことから。

彼女とあたしはともかく馬が合わない。あたしをひたすらおとなしくさせたがっていた父親と違って、彼女はあたしに、「もっと要領よく」なりなさいと言った。「親に反抗するならするで、もっと要領よくやりなさい」と。

それは、後年マークと発見した言葉を使えば勿論「精神の堕落」だ。精神の堕落は、ひたすらおとなしくすることよりもっと、あたしの性に合わない。

で、あの日もあたしとママは口論になった。成田から飛行機をパリで乗り継ぎ、ボルドーに到着した翌日の午後。八月の、まぶしく晴れた日だった。あたしたちは市内のホテルに泊っていて、午前中に学校の手続きをすませた。午後はママのお買物のお伴。ところどころでカフェに寄りながら市内の高級店を軒なみまわり、ママは店員をつかまえては得意のフランス語で長話をした。ええ、ランスにね、あそこは美しい街ね、パリなんかはどんどん変っちゃって俗悪になるけれど、とかなんとか。あたしは仏頂面でそれをきいていた。

新市街の中心の広場まで来たとき、あたしはマークに出会った。正確にいえば出会ったのじゃなくて、あたしがマークをみかけただけだけど。

二つの理由で、マークは目立っていた。広場にいた誰もが、その瞬間にマークをみたと思う。理由の一つはハーレーダビッドソンで、もう一つは激怒したナディアだった。ブロンズ製の馬たちが、口のみならず大きな鼻の穴からまで盛大に水しぶきを噴き出している噴水のかたわらに、マークはつっ立っていた。白い巨大なオートバイと共に。水しぶきは日ざしをうけてきらめき、うねりながら落ちる。きりもなくたくさん。小柄な女――それがナディアなんだけれど――が何かまくしたて、片足をふみ鳴らしてマークの頬に平手打ちをした。水音のせいで、あたしたちの場所からはそれはサイレント映画のようにみえた。

「あらまあ」

おもしろそうに、ママが言った。

それからあたしたちはカフェに入り、マークとナディアに勝るとも劣らない口論をした。そもそものきっかけが何だったのかは、もうはっきりとは思いだせない。ママのすべてにあたしは苛立っていたし、あたしの態度にママも苛立っていた。あたしはもうお買物なんかしたくなかったたし、カフェオレなんかのみたくなかった。憶えているのは、あたしが先にホテルに帰ると言ったことだ。ママは、それは認められないと言った。あたしを一人にするわけにはいかない、と。

あたしはぶちきれて立ち上がった。

「嘘つき」

悪意を込めてそう言った。

「あさってになればあたしを一人にして帰るくせに。あたしを学校に押し込んで、お買物を抱えて帰るくせに」

平手打ちまではしなかったものの、言いまわしが変になるくらいには興奮していた。

「落ち着きなさい」

ママは言ったが、あたしが店を出るのを止めようとはしなかった。

おもてはかんかんに晴れていた。夏のあいだだけ、この陰鬱な街にも生気が満ちる。大きなプラタナスやマロニエが、すばらしい緑を誇っていた。

広場の、さっきとは別な場所にマークがいた。ハーレーを椅子がわりにして、一人でホットドッグを食べていた。

あとになってマークが言ったところによると、あのときマークは、あたしにホットドッグをせびられるのかと思ったのだそうだ。笑ってしまう。あのころのあたしは、食べるものになんか何の興味もなく、必要な栄養素が全部カプセルになり、それでみんなが食事をすませるようになれば簡単なのに、と思っていたくらいなのだから。

「ボンジュール、ムッシウ」

マークがアメリカ人であることはみればわかったけれど、あたしはママよりずっと流暢なフランス語でそう話しかけた。

「このオートバイに乗ってみたいの。乗せてもらえる？」

マークはちょっとおどろいたようにあたしをみた。

「さっきの女の人はもう帰っちゃったんでしょ？」

あたしが言うと、つかのまぽかんとしたあとで、マークは笑った。愉しそうに笑って、

「いいよ《oui》」

と言った。

「いいよ《oui》、いいとも《sûr》」

と。英語みたいなフランス語だと思った。

そうやって、あたしはマークと出会った。八月の終りのカンコンス広場で。でも、あれが出会いだったなんて、いまのあたしには信じられない。もっとずっと昔から、あたしたちは知り合いだったと思える。たぶん太古の昔から。

たった九カ月で、あたしたちはたくさんのことをしすぎたのかもしれない。たくさんの時間を共有しすぎたのかもしれないし、たくさんのことを話し合いすぎたのかもしれない。たくさんセックスをしすぎたのかも。

あたしには、セックスの快楽はよくわからない。でも、裸でマークにくっついているのは

好きだった。羞恥心を捨ててもいいということ。

セックスのあと、あたしたちはよく、いつまでも裸ですごした。マークは裸のあたしを好きだと言い、あたしも裸のマークが好きだった。筋肉質な手足も、けっこう脂肪のついたお腹も、太い首や胸毛や、深くくぼんだおもしろいかたちのおへそも。

マークは一族の余計者だった。マークが自分でそう言ったのだ。そして、あたしもそう思う。あの一家をみればそれはあからさまだったもの。一族というのはマークのではなくナディアの。マークはナディアと結婚してフランスに来たのだ。そして、ファミリービジネスのはみだし者になった。

ナディアの一族はワインのシャトーを持っている。ボルドーでも屈指の大きなシャトーだ。ナディアは六人きょうだいの三女だから跡とりではないが、広告部門の責任者をしている。その勉強のためにアメリカに留学し、マークと知り合ったのだった。

一族は郊外のお邸に住んでいる。広大なぶどう畑、伝統的手法と最新式設備。ドッグキーパーつきの犬、キャビアとサーモンのでるお茶。あたしの父親がシャンパーニュの輸入をしていたのであたしもすこしは知っているのだが、そういう人たちの暮らしぶりってほんとうに変っているのだ。

いまでも憶えているけれど、ランスで知り合ったそういうお金持ちの一人は死ぬほど感じが悪く、あたしはそこに「お招ばれ」するのが大嫌いだった。ふるまわれるのはいっつもサーモンだった。ディルを添えた、あぶらっこいサーモン。「かしこくあれ、ひたすらかしこくあれ」というのがそこの家の家訓で、冗談みたいだけど、みんな大真面目にそれをしばしば口にした。

話がそれてしまった。そのシャトーでの、マークの仕事は外国のマスコミへの対応だった。

「わかるだろ」

マークはあたしに説明した。

「シックなスーツを着て、笑顔で」

一度、そういう取材記事の載った雑誌を見せてもらったことがある。一族が揃った記念写真の中で、マークはひときわ大きな笑顔を顔に張りつけていた。

「どうみえる?」

マークに訊かれ、

「ばかみたいにみえる」

とこたえたら、マークは大げさに両手をひろげ、

「そうなんだ」

と、悲嘆に暮れた表情で、でも愉しそうに言った。マークは実際、なにもかもジョークに

してしまうのだった。

　取材のないときは、マークは自由だった。ナディアとの関係は、「タフな局面にきている」らしかった。ナディアにはそのときすでに恋人がいて、結婚から五年経っても子供ができないことも、マークの「立場を悪く」していた。わかってもらえるかどうかわからないけど、あたしにはそれは、でもどうでもいいことだった。

　あたしは自分がマークに恋をしていたのかどうか、いまでもよくわからない。あたしにとって、マークはただマークで、恋人なんかじゃなかった。でも、この九カ月のあいだ、あたしたちはいつでも、たしかに二人組だった。

　いろんな場所にでかけた。あたしはしょっちゅう寮を空け、マークは何日も家を空けた。あたしは学校の問題児になり、マークは一族の問題児に——以前にも増して——なった。あたしたちは気にしなかった。すくなくとも、気にしないと言い合っていた。

「ファミリービジネスなんてシットだ」

　とか、

「離婚する」

　とか、

「学校なんて頼まれても戻りたくない」

とか。

でもほんとうは、どちらもどきどきしていたのだと思う。想像もしなかった状況にどんどん陥って、それは息もつけないほど幸福などきどきだったけど、同時に不安のどきどきでもあった。息をついたら全部嘘になってしまう、と思ってでもいるみたいだった。それであたしたちはもっと急いで、もっとたくさん、もっと息もつかずにくっついたり笑ったりしなければならなかった。ハーレーで国道をぶっとばすときの、何万倍ものエネルギーで。

夕食の時間だ。

あたしは洟をかみ、シャワーを浴びて着替える。ここは気どった、いけすかないホテルだけれど、レストランの質はいい。あたしは泣き疲れ、半分死んでいるのに食事をする。ちゃんと食べることが大事だと、教えてくれたのがマークだからだ。だからあたしは食事をする。レストランで堂々と、一人で。

はじめのうち、マークといてもあたしは食べなかった。興味がなかったし、食べたものがたまたまおいしかったとしてそれが何なのだと思っていた。

マークが好むのはジャンクなものばかりだった。山のようなフレンチフライとか、砂糖がけのバンズとか。でもそれらが素材そのままの味と重みであたしの身体に入ってくるのを感じたときのおいしさとヨロコビと驚きは、生涯忘れないと思う。

「大丈夫」

にっこり微笑んで、マークは真面目に言ったものだ。

「フランスにもおいしいものはあるよ」

と。思いだすだけで幸せな気持ちになる言葉だ。美食の国フランスの、不埒なはみだし者二人。マークはそんなふうにして、いつもあたしを幸せにしてしまうのだった。

レストランは、クリーム色を基調にしつらえられている。中央の小卓に活けられた、これみよがしな花々。マークさえいてくれたら。もう百ぺん目になるけれど、あたしはそう思った。そして、オマールえびを半分だけ食べた。

マークは、あたしの名前の「めぐみ」を上手く発音できなかった。何度言っても「メッグ」になってしまい、それはあたしにはとても気持ちの悪い呼ばれ方だったので、カトウと呼んでもらうことにした。マークはほっとしたようだった。お菓子《gâteau》みたいでかわいい、と言った。

たいていの場合、マークは英語を、あたしはフランス語を使って話した。でもたまに、マークがフランス語を、あたしが英語を使うことがあった。これはフランス語でなくちゃ言えない、とか、これは英語じゃなきゃ言えない、とか思う言葉が——違う。言葉がじゃなく瞬間が——たしかにあった。それは発見だった。発見は、マークとあたしの、大好きな遊びだった。

あたしたちの愉しんだこと、好きだったことは他にもかぞえきれないくらいある。話すこと、笑うこと、下品なジョーク、ジャンクフード、中華料理、うんと喉を渇かして、ごくごくのむ水やソーダ。散歩、ハーレーの二人乗り、列車ででかける小さな旅、裸でくっつくこと、ビデオで観る映画。フランス語と英語と日本語をまぜこぜにしたしりとり、酒場で旅行者と友達になること、見本市にいくこと。

ほとんど毎週末、あたしたちはどこかの見本市をのぞいた。この国の人たちは一体どうしてこんなに見本市が好きなのだろう、と、マークとあたしは言い合って笑ったが、でも実際あたしたちくらい見本市にでかけるフランス人もいなかっただろう。

土曜日の朝、街角で待ち合わせて、あたしたちはまず新聞を買う。新聞には見本市の情報が必ず載っていた。あたしたちはそれをひらき、柵とかベンチとか地面とかに腰をおろして頭をよせあって読み、その日の予定を決めるのだった。

ありとあらゆる見本市があった。古本の、ワインの、文房具の、電気製品の、赤ちゃん用品の、食器の、家具の……。

見本市をみて歩くとき、あたしはマークと暮らしているみたいな気持ちになった。自分たちに小さなアパルトマンがあり、そこにいろいろ必要なものがある、というつもりになって、みて歩いた。

可笑しかったのは、犬猫用品の見本市で、猫用のトイレを買ったこと。店主によれば、それはコンクールで金賞を受賞したトイレだということだった。

「シックだ」

マークが言った。フランス語のchicと英語のsickをかけた、あたしたちのいつものジョークだった。

「買おう」

マークが言い、あたしたちはほんとうにそれを買った。すばらしい、とか、うちの猫にぴったりだ、とか言い合いながら。もちろん二キロのトイレ砂も買った。白い石のかけらみたいなそれは青とグレイとピンクのかけらの混ざった綺麗なもので、数秒で液体を固め、匂いをとじこめるようにできているそうだった。トイレ自体は淡いグレイで、マーブル模様がついていた。

あたしたちは苦労してそれを街に持ち帰ったが、結局いつも行く中華料理屋の主人にあげてしまった。店の裏にいる野良猫たち用に、とか言って。

中華料理。

新市街のまんなかに、大きな中華街がある。そこはあたしたちの気に入りの場所だった。つやつやした緑のやしの木が、どういうわけかたくさん植わっている。そこで働く人々や、いつまでも昼間みたいな時間のずれが、あたしもマークも好きだった。

マークはボストン生まれの三十五歳で、大きな身体と縮れた栗色の髪、同じ色の目と口ひげを持っていた。ボルドーを嫌っていたけれど、アメリカに帰りたいわけではないと言っていた。それもあたしたちの共通点の一つだった。帰りたい場所がないということ。

マークはあたしにとって、この世でただ一人の仲間だった。話ができて、ちゃんと抱きしめてくれて、この世でただ一人、あたしがそばにいたいと願う相手だった。そして、あたしはマークにとって「アメイジングガール」だった。

「ホットドッグを食べていたら、突然現れたアメイジングガール」だった。

あたしたちの関係は、すぐにナディアの知るところとなった。ここは小さすぎる街だもの。おまけにマークもあたしもハーレーも、どうしたって目立った。

あのハーレー。キングサイズだというそれは、二人で乗ってもたっぷりと大きく、あたしたちはそれの上で熱烈なキスを交わした。何度も。あたしがぺたりとそっくり返ってうしろに倒れても、あたしの頭はナンバープレートに届かなかった。後輪の上についた銀の荷台に、うしろ頭がのっかるだけだった。

シートはどこかの社長室の椅子なみにふかふかしていたが、あとはどこもかしこもごつごつして、つめたく、かたかった。

その機械は巨大で、石畳の街なかでは乗ることができず、育ちすぎた昆虫みたいだった。銀色のパイプだらけ。なにもかも白と銀と黒でできていた。前輪にも後輪にも、ホーロー鍋みたいな白いおおいがかけられていた。

二人でそれに跨って、マークが目玉みたいなフロントライトをつけるとき、あたしはいつも、こわいものなしの気持ちになれた。

ブレーキレバーには左右とも黒い革がまかれていて、おなじ黒い革の、随分とながい房飾りがついていた。

マークは礼儀正しいオートバイ乗りだったので、旧市街には決してその昆虫を持ち込まなかった。暗い、すすけたように黒い石でできた、歴史そのものみたいなあの一角には。

かわりにあたしたちは郊外を走った。無粋な国道や、赤土の田舎道を。見渡す限りぶどう畑の、ボルドーをボルドーたらしめている風景の中を。

大胆にも、あたしたちはナディアの一族の敷地さえ走った。マークがあたしに見せたいと言い、あたしはたぶん高慢ちきな気の強さと、何かを証明したい気持ちにかられて、行こう行こうとはしゃいだ。

それはたしかに絵のように美しい場所だった。水色の空、繊細な葉が影をおとす並木道。あかるい玉子色の壁際に、犬が一匹ねそべっていた。日なたと日陰のコントラストの強さに、現実感が歪むのがわかった。

「ラブリーだろ?」

マークは何度もそう言った。

あたしたちは、樽職人の仕事場ものぞいた。ひんやりと清潔な、ワインの眠る地下貯蔵庫も。

奇妙なことに、マークは一族のビジネスを誇りに思っていた。はみだし者のくせに、敷地の広さや豊かさや、伝統や設備や職人の技術や、ワインづくりのプロセスの一つ一つを、すごく誇りに思っていた。

それに、いまになってわかるのだが、ナディアを深く愛していたのだろう。

「デザートはいかがですか?」

給仕に訊かれ、あたしはいらないとこたえる。ちゃんと食事をしようと思うのに、マークなしでは上手くいかない。

あたしは部屋にひきあげる。鉢植えのレモンの木のならぶ、修道院みたいに白いながい廊下を通って。

目をさますと、部屋の中じゅう雨の気配がたちこめていた。窓の外をみるまでもなかったけれど、あたしは枕元のスイッチで電動ブラインドを上げて、暗く濡れた並木と、その向うにひろがる陰気な街の景色を眺めた。ボルドーの雨はひどくつめたい。どの季節でも、つめたいのだ。

グレープフルーツの匂い。

このホテルの朝食のオレンジジュースは壜で、グレープフルーツだけ絞るのであるらしく、朝になるとかならずその新鮮な匂いがする。あたしの部屋は厨房に近いので、眠っていてもわかるくらい濃くただよう。

逃亡生活五日目の朝だ。

この部屋は白すぎる。シーツにもぐったまま、あたしは考える。壁も白、天井も白、リネンもタオルもスリッパも、ブラインドも白だ。白すぎて、モダンすぎて、それに静かすぎる。

壁の一つに装飾がわりに立てかけられた、二メートル四方くらいの白いキャンバスを眺めた。そこには泊り客が落書きをしていいようになっていて、愛の言葉や人の名前、日にちや、骸骨と魔女の絵なんかが黒いマジックペンでかかれている。

頭が重い。あたしは起き上がり、ルームサービスに電話をしてコーヒーをたのんだあと、バスタブにお湯をためた。

コーヒーを受けとり、お湯につかって、あたしはまた泣き始める。裸で。つめたい皮膚で。ふるえて。

あれはあたしたちのためにしたことなのに。

午後、部屋の掃除をしてもらった。黒い髪を不恰好にひっつめた、南米人らしいメイドが来た。笑うとかわいい子だった。名札に、アンナマリアと書いてあった。あたしには、アンナマリアがアンナマリアの人生を持っていることがうらやましく思えた。

あたしはもう、自分の人生を持っていない。全部失ってしまった。


六日目の午後、あたしはバスに乗って街にでてみた。見馴れたボルドーの街に。何をみてもマークを思いだす。あたしには行く場所がない。するべきこともなく、会いたい人もいない。それがいちばんつらいことだ。五日前以前のマークに会いたいけれど、それはもう失われてしまった。永遠に。

五月。街はつかのまの陽光に彩られている。あたしは幽霊みたいに路地を歩き、背の高い男やアメリカ人観光客をぼんやりみつめる。

この九カ月間に四度、あたしたちは列車の旅をした。一泊か二泊の、逃亡者みたいな旅だった。でも強烈に自由だと感じた。嘘みたいに自由だった。

あたしは毎日一時間か二時間しか学校に顔をださなかったし、無断外泊もしょっちゅうだった。東京にいる両親は、「警告」や「訓戒」の手紙を毎月のように受けとったはずだ。でも、そろそろ寮母さんが本気で騒ぎだすだろう。めぐみがまた脱走した、だから言ったでしょう責任は持てないって、あの子は例外だわよ、全然うちの生徒らしくならなかった。

学校。あたしは笑ってしまう。両親をかなしませたくはないけれど、あたしはそこで何一つ学ばなかった。それどころか、きちんと参加もしなかった。日本から転がしてきたトランクと、ぬいぐるみの置いてあるだけの寮の部屋。

あたしはこの街で、教育ではなく人生を手に入れてしまった。それも、ものすごく鮮やかな。

広場まで来ると、いい匂いの風がふき、あたしは目を細める。六日前にここで起きたこと――あたしが、あたしたち二人のためにやったこと、流血の惨事――の形跡は、もうどこにも残っていない。カルーセルも、わた菓子の機械も、たくさんのテントも片づけられてしまった。

ナディアはベビーピンクのスーツを着ていた。小さな街なので、いままでにもばったり会ったことはあるけれど、あの日は違った。あきらかにマークを探しに来たのだった。ベビーピンクのスーツに、黒いハイヒールをはいて。

「彼女シックね」

あたしは言ったが、マークは笑ってくれなかった。

「帰るわよ」

ナディアがマークに言った。あたしに言わせれば、ナディアは最低な女だ。自分には恋人がいて、それなのにマークを一族にしばりつけておく。マークがナディアを愛しているなんて、あたしは思いもしなかった。

「みて、すてきなテーブル」

あたしはナディアを無視して言った。年に二度だけひらかれる、大規模な骨董市を見ているところだったから。

ナディアがわめくのがきこえた。あたしをあばずれと言うのもきこえた。ふりむくと、ナディアはマークの両腕をつかみ、興奮した犬みたいに吠えていた。ものすごく醜悪な顔をしていた。ものすごく耳ざわりな声だった。

それであたしは彼女を殴った。そばにあったランタンで、おもいきり。

殺意だった。あのときあたしをつき動かしたものは、まぎれもなく殺意だった。

「シット」

マークはそう叫んで彼女を助け起こした。音楽がきこえていた。晴れた昼間で、キャラメルがけしたナッツやポップコーンの、熱く甘ったるい匂いがしていた。

あたしが加害者で、彼女が被害者だった。そしてマークは、彼女の味方だった。

あたしにはそのことが信じられない。彼女はわめいていた。顔から血がでていた。あたしは逃げた。

逃げながら、目についたゴミ箱に携帯電話を捨てた。日本でみんなが持っていたものに比べると、無骨で大きく、トランシーバーかと思うみたいな黒い電話で、マークとあたしはいつもそれを使って連絡をとりあっていた。

自分のしたことに怯えてはいたが、後悔はしていなかった。ただ信じられなかった。マークが彼女の味方だなんて信じられなかった。

「カト」

マークはいつも、この上なく愉しそうな声であたしの名前を呼んだ。カト、あれをみて。カト、日本の話をして。カト、これを食べてごらん。マークはあたしをやせっぽちだと思っていて、あたしにたくさん食べさせたがった。それに、あたしにたくさんキスをした。キスをすると口ひげが唇にさわった。

「僕は落伍者だから」

マークはときどきそんなことも言った。

マークにきいた、アメリカの話。公園の池の鴨に、マークは子供のころ名前をつけた。「タジン」という名をつけた巨漢の鴨が、マークは気に入っていた。

ボストンには港があって、そのそばに、「世界一すばらしい」と彼の思うオイスターバーがある。

ヒューイ・ルイス&ザ・ニュースという歌手の、一九八六年の、サンフランシスコで行われたコンサートがどんなにエキサイティングだったか。マークは三人の友人とそれを聴きにいき、おもいきり熱くなって歌った。

マークが子供時代に住んだ家の様子を、あたしははっきり説明することができる。車寄せは土のままで、砂利など敷いていなかったこと。ポーチには階段があり、真冬以外は家族みんなが、そこで夕食後の時間をすごしたこと。台所の壁はうす緑の小花模様で、テーブルも椅子もお父さんの手造りだったこと。りんごの木があったこと。

大学時代、マークは一時「ベジタリアン」になった。でもその日々は二年も続かず、結局のところ「動物の味」に呼び戻された。大学はペンシルヴェニア州にあった。広大なとうもろこし畑に、大勢の仲間とピクニックにいった。

あたしはマークに、日本での二年間について思いつくかぎりありとあらゆることを喋った。

渋谷のこと、たこ焼きのこと、退屈なクラブと、そこで声をかけてくる男の子たちのこと。学校のこと。おとなしいのかやかましいのか、気が強いのか小心者なのか、全然わからなかった女の子たちのこと。

あたしたちはランスにもでかけた。あたしには、そこでマークにみせたいものがたくさんあった。大聖堂にいる微笑みの天使や、ヌガーグラッセのおいしいカフェ、日本人画家のフジタが壁に絵をかいた、「世界でいちばんかわいい」とあたしの思う小さな教会。

あたしの過去と、マークの過去。

でもいまやあたしは一人ぼっちで、過去さえ持っていないような気がする。

七日目と八日目は、ホテルを一歩もでずに過ごした。

九日目に、ガロンヌ川のほとりを歩いた。肌寒かったので上着を着て、ひたすら、まっすぐ。ボルドーは川だらけの土地だ。ガロンヌ川、ドルドーニュ川、ジロンド川。

マークもあたしも、川をみるのが好きだった。

「いつかボートの上に住むのもいいね」

そんなふうに話した。

水は濁っていた。水量が多く、曇り空を映して、流れが速い。あたしは、「アメイジングガール」なんか水に投げ込んでしまいたかった。心にも身体にもびしょびしょに染み込んでしまった、発見と幸福のめくるめく日々の記憶を、捨てられたらどんなに身軽だろうと思った。

マークとなら、なんでもできると思っていた。手や足を失《な》くしても、マークを失くすことはないと思っていた。

川風はつめたく、夕方になると雨が落ちてきた。あたしはホテルに帰り、またバスタブで泣いた。頭痛がし、食事も摂らずにそのまま眠った。

十日目の朝に突然、あたしはこの街をでようと決めた。前向きな気持ちになったわけじゃない。でも、日本に連れ戻されるのは嫌だった。

行かなきゃ。

セント・ジェイムスの白い部屋の中で、その朝あたしはともかくそう思ったのだった。

「カト」

あたしはマークの声をおもいうかべる。マークの顔を、そしてマークの身体を。

「シット」

そう言ってナディアに駆けよったマークも。

九カ月前にやっと生まれたあたしは、あたしの知っていたマークと一緒に死んでしまった。

もうこの世の中のどこにもいない。

あたしはマークの幸運を祈った。それから二人組だったかつてのあたしと、かつてのマークを深く悼んだ。深く深く悼んだ。

あたしはまた泣き始める。あたしのはじめての恋とはじめての人生と、失われた真実のために。

夏の情婦

佐藤正午

少年の声でわれにかえった。

ずっと窓の外を見ていた。

振り向くと、

「先生、灰が……」

そう注意する。

左手の指にはさんだ煙草を思い出した。

「落ちる」

少年がまた声をあげ、長くなった灰がこらえきれずにズボンの膝を汚した。右手ではたき、吸いさしを灰皿に押しつける。底のゆがんだアルミニウムの皿がテーブルの上で揺れて微《かす》かに音をたてた。

「先生、けんとうって何のこと？」

「……？」

見当検討健闘遣唐使……。小学三年生のプリント問題を取り上げて読んでみた。カマキリについて解説した文章が十行ほど、その後に設問がある。怒ったときのカマキリのどうさを何にたとえてありますか？

「拳闘選手だ」

「何？」

「ボクシング知ってるか」

「知ってる」

ボクシングのことを拳闘ともいうのだと教えた。

「ふーん」

「カマキリは知ってるのか？」

「虫。……よく知らない」

「そうか」

プリントを小学生に返して、もう一本煙草をつけた。折り畳み式の椅子の背に寄りかかって生徒たちとむかいあう。いちばん後ろの席で女の子がじっとこちらを見ているので、眼で問い返した。片手でおいでおいでをする。煙草を灰皿に置いて立ちあがり、そばへ歩いて行った。

「これなんて読むの？」

左眼に眼帯をした小学五年生が質問した。腰をかがめてプリントに眼を落し、声に出して読んでやった。

「経験基本構想調和政府義務果物七夕迷子」

「こうそうって？」

「国語辞典は」

「忘れました」

二人のやりとりを聞いた隣の席の同級生が辞典を差し出した。受け取って、構想を引き、もういちど声に出して読んだ。

「考えをくみたてること、またその考え」

「へえ」

「わかるか？」

黙って眼帯が左右にうごく。

「考えはわかるか」

「うん」

「くみたてるは」

「わかる」

「考えをくみたてること、またくみたてた考えが構想だ」

女の子の右眼がこちらを見あげて何度かまばたきした。それから言った。

「せんせ、いま何時?」

左手首を生徒の顔の前へつきだした。

「あと五分かあ」

とつぶやく。それで時刻は十一時五十五分だと知れた。

「お兄ちゃん元気か」

「うん」

「ソフトボールの試合はいつだった」

「来週」

「応援に行くんだろ?」

「わかんない。子供会のプールの日だから」

「眼は」

「それまでにはなおるって」

「泳げるのか？」

「うん」

「何泳ぎ」

「クロールと平泳ぎとね、横泳ぎと犬かき」

「背泳ぎは」

「鼻に水が入るからいや。ねえ、クーラーちょっと寒いよ」

隣の席の生徒が一言だけ口をはさんだ。「あたし寒くない」

「夏眠する動物がいるのを知ってるか」

「知らない。せんせ、独身？」

「ああ」

「太めと細めとどっちが好き？」

「何の」

「おんなだよ」

「おかあさん何か言ってたか」

「ハンサムだって。おとうさんに言ってた」

「おとうさんは」

「ほうって」

「夏に眠ると書くんだ。冬眠の反対」

「もう五分たったんじゃない？」

「まだだ」

自分の椅子に戻った。吸いかけの煙草をつまむ。デジタルの腕時計は十一時五十九分を示している。窓の外の陽射しがいちだんと強く白くなったようだ。外へ踏み出す一瞬の暑さを感じ、車の中の甘い重たい匂いを嗅いだ。駐車場まで十分ほど陽盛りの道を歩かなければならない。車に乗って走り出せば、風が熱も匂いも奪い去り、一時間後にはカーテンに閉ざされた冷たい部屋にいるだろう。

「先生」

といちばん前の小学生が言う。

「ここの意味は？」

しかし腕時計を見て丁度を確かめると、

「時間だ。続きは明日にしよう」

と答えた。

気がつくとベッドの脇に仕事帰りの服装のまま女が坐りこんでいて、

「すごいいびき」

と、ひとこと呟《つぶや》き、新聞をたたんで立ちあがる。うすい空いろのスカートが女の腰から三角形を描いてたれた。

「なにか飲みたい？」

いつからそこに坐っていたのかと訊いた。

「もう六時半よ。スカートを引っぱらないで」

「きみのわきのしたの汗」

「ばかなことばっかり。お風呂場で水を浴びてくる」

「いいよ」

「そりゃあなたはいいでしょう、昼間から涼しい部屋で寝てるんだもの。でも、やめて、あたしは、やぶけてもしらないわよ」

女のからだは力をもち、女のからだをおおうものは力をもたない。スカートとその下のペチコートをつかんで引き寄せると、重いからだが抵抗を失くして、のしかかってくる。汗の匂い。汗の味。

「くすぐったい」

からだを入れかえた。

「きょうも蟬《せみ》は鳴いてたかい」

「……ええ」

「どんなふうに」

女が油蟬を泣いてみせた。

「それから」

女が別の蟬になって泣く。ブラウスの小さなボタンが六つはずれた。白いブラジャーにおさまりきれぬ乳房を見ながら、訊いた。

「それは何蟬？」

「知らない。ねえ、汗をながしてから」

「蟬は何日生きるか知ってる？」

「…………」

「ゴリラの話はしたっけ」

眼をつむった女の顔が無言でうなずき、かぶりを振る。

「どっちなんだ」

「耳もとで喋らないで」

からだにくらべて、乳房にくらべて、小さすぎる乳首が眼のまえにあった。赤い実のようだ。ついばむ鳥になった。女の白い、広い、なだらかな腹が波をうつ。

「スカート、しわになるよ」

「じぶんで脱ぐ」

女の肩の肉がもりあがり、背中の骨がとがり、腰が浮いて、沈む。その間に、上体を起し手を伸して、ベッドを寄せた壁に備え付けられたクーラーの目盛りを最高に合せた。眼を閉じた女の顔が上気している。待っている。指を這《は》わせながら、話した。

ある動物園で、ゴリラの母親が自分の子供をコンクリートに叩きつけて死亡させた。その事件に関して意見が二通りに分かれた。一つは、ゴリラの母親はノイローゼだという説。

「口でしたい？」

「…………」

もう一つの説は、笑っちゃだめだよ、母親ゴリラは子供を強いゴリラに鍛えるつもりだった、つまりスパルタ教育をほどこしたという……。話し終ると、女の太い両腕が首に巻きついて引き寄せた。

「新聞で読んだんだ」

「はやく」

女の片手をつかみ、頭のうえで押え、腋下に口をあてた。女の腕と、それから腰に力がこもる。腕も腰もはなさない。眼を閉じてクーラーの唸《うな》り声を聞いていた。眼を開けると、女のまばらな腋毛が見える。

「上になりたい？」

「ちがう」

「なにがちがう」

「おねがい」

女の白い、幅のある、やわらかいからだのうえにからだをあずけた。

「きれい？」と訊かれ、上半身だけを離して女の顔を見おろす。「ねえ、あたしきれい？」

「ああ」

「はやく」

「わかった」

「きれいと言って」

「きれいだ」

と言った。

前略。

ごきげんいかが。

ぼくはあいかわらずです。母に言わせれば、物ごころついたころからあいかわらずの生活を送っている。小学一年生のときの通信簿に、好奇心はひとなみ、ただし引っこみ思案、と担任の教師は書いていたそうだ。母は何かにつけてそのことを思い出す。思い出すごとに二十年前の記憶はすこしずつ変形されて、能力はひとなみ、ただ覇気《はき》に欠けると、いまでは言っている。これはぼくが大学を卒業できた、にもかかわらず定職に就けない、ことを嘆いた台詞《せりふ》なのだ。ときどき母にすまないと思う。できれば母を喜ばせたいとも思う。欠けた覇気を充塡《じゅうてん》して、毎日九時から五時まで働く生活を送りたいと考える。しかし具体的にどんな仕事をするのかまで考えることはない。ぼくのこうした考えはそこへたどりつく前にかならず行き詰る。というよりも、考え始めたとたんに眼のまえが白くなる。頭のなかも、まるで少年の日に一枚も描けなかった絵日記の頁のようにまっ白になる。あいかわらず、とぼくは思う。自分じしんをつきつめて考えるとき、いつもこんなふうになる。自分じしんをつきつめて思い出すとき、いつもこんな場所にいる。ぼくには、二十年前の小学生が何をどんなふうに考えていたのか判らない。二十年後に何をするつもりでいたのか、どんな職業に就くことを望んでいたのかいなかったのか思い出せない。思い出せるのはただ、白い陽射しの道にたたずんでいる半ズボン姿の少年だけである。ぼくは夏が嫌いだった。他の少年たちは海水浴に出かけた。ソフトボールの練習に励んだ。ぼくは泳げないし、ボールをまともに握ったことがない。しかしぼくが憶えているのはその嫌いな夏のことだけである。二十年前を思い出そうとすると、いつも、ぼくは白い夏の道に立っている。自分のいまやこれからを考えようとすると、いつも、その場所へ戻っていき、うごけなくなる。そういうわけで、ぼくはあいもかわらず覇気なく生きて、二ヶ月くらいまえから学習塾の講師を勤めています。

きっかけは簡単なことだった。新聞で講師募集の広告を見つけた。ぼくは毎朝、新聞を隅から隅まで読む。一面も三面記事も家庭欄もスポーツ欄もコラムも投稿もテレビの番組表も広告も読む。途中でぼんやりする空白の時間も勘定に入れると、一時間から二時間かかる。で、ぼくは履歴書を書き、書きそこないはホワイトで訂正して、送ってみた。四日後に採用通知が届いた。試験も面接も一切なしなのである。五日後に電話がかかってきて、指定された喫茶店に出向くと、くそ暑いのに背広にネクタイをしめた三十前後の男がいて、スポーツ新聞を開いている。名刺をよこして、ぼくの顔からヘソのあたりまで（あとはテーブルで隠れている）、視線を下げると、

（阪神ファンかい？）

と訊く。

（いいえ）

とぼくは答えた。男はうなずいて、新聞を脇へ放り、アタッシュケースから書類を取り出して説明した。男が喋ることのほとんどをぼくは聞いていなかった。耳は正常なのだ。その証拠に、煙草を喫いながら適当な切れ目でうなずいてみせることもできる。声は聴こえているのだが意味が残らない。音声に意味を与えるために頭が働くことを忘れている。ぼくはときどき、しばしばそんなことがある。

男に手渡されたメモ用紙を頼りに、翌日、学習塾の教室にあてられた民家を訪ねた。ぼくの家から例のポンコツで三四十分ほど走った町にある。車がやっと二台すれ違える幅の坂道の途中、煤《すす》けた美容室の隣だった。玄関の表札の横に、縦長の（横30センチ縦1メートル）、学習塾を示す真新しい看板がかかっていた。

引戸を開けて三和土《たたき》に立つと、五十年配の女が現われて、ぼくの頭から爪先まで無遠慮に見まわし、もっと年のいった人物を想像していたと言った。赤い縁の眼鏡をかけているのだが、右と左のフレームの位置がゆがんでいるような印象を与える。髪の毛をかまわない、顔の小さな、唇のあつい女だった。あがり框《がまち》からすぐの部屋が十畳ほどの広さの板張りで、すでに机と椅子が並んでいる。どちらもスチール製の折り畳み式である。細長い机が三台ずつ二列に配置され、それぞれに二脚の椅子が用意してある。講師としてのぼくの分も入れて十三脚。移動式の黒板もある。一方の壁には大型のクーラーも据え付けられている。いちばん奥（黒板の手前）の机について、ぼくは麦茶を飲まされた。ゆがんだ眼鏡の女が話す。ぼくはできる限り神経を耳に集中させた。

夫がつい最近、三十年勤めた会社を定年退職して、別の町で釣具屋を開業したのだそうである。子供三人はみな学校を卒業して、博多と大阪と名古屋に出ていったそうである。二人暮しには広い家に、下宿人でも置こうかと考えたが、新聞の折り込み広告で学習塾の教室募集を知って、今回の副業を思い立ったそうだ。きっかけはぼくの場合と似ている。生徒はいまのところ近所に呼びかけて六人集まることになっているが、もし順調にいけば一ヶ月で倍に増えると、学習塾の支部の責任者はうけあったらしい。ぼくは前日からズボンのポケットに入れていたメモ用紙の裏に、ボールペンを借りて月曜からの授業の予定を書きとめた。それから車を止める場所を相談し、麦茶を飲みおわると外へ出た。坂道を下りきったところで、給料の話を忘れていたことに気がついた。

こうしてぼくは六月の末の月曜から、学習塾の講師として六人の小学生を教えることに決った。八月になったが生徒の数は変っていない。給料はまだ一月《ひとつき》分しか貰わないが、六万円あった。生徒一人あたり一万円の計算になる。

　いまは小学生が夏休みだから、午前中、八時半から十二時までの授業を毎日つづけている。それまでは夕方五時半から九時まで三科目の時間割だった。国語と算数ともう一つは自由科目である。つまり何でも判らないことがあれば、講師は教える用意があるというわけだ。およそ二ヶ月の間にぼくはいろんな質問に答えてきた。磁石はなぜ鉄にくっつくのか。雷はなぜ鳴るか。蝶は眠ることがあるか。どうして分数を勉強しなければならないか。漢字の書き順は誰が決めたのか。夏休みの宿題はいつまでに終ればいいか。双子なのになぜあたしとお兄ちゃんは似てないの？　ぼくはありとあらゆる質問をしのいできた。答えられなかったのはいまのところただ一つだけ、小学三年生の男の子が提出した疑問である。

　夏休みに入って一週めくらいだったと思う。学習塾の支部の指示に従って、授業と授業の間に十五分設けられた休憩があるのだが、その時刻になるといつも、教室と奥の部屋とをつなぐほの暗い廊下から、例の眼鏡の女が七人分の飲み物を盆に載せて運んでくる。ぼくは麦茶を飲み煙草をふかしながら、教室の窓を眺めて時をすごすことが多い。たまにお喋り好きの生徒が話しかけてくることもある。

（せんせ、煙草おいしい？）

　と何べんも、思い出したように訊くのは五年生の女の子で、左眼に眼帯をしている。六月に学習塾が始まったときからしていて、八月になったいまもはずさない。どんな具合なのかぼくも何度か訊ねたように思うが、そのたびにすぐ忘れる。彼女には双子の兄ときれいな母親がいる。兄は町内のソフトボール・チームの三塁手で、練習に忙しく塾に通う暇はないそうだ。母親の方は、一度だけ、急の用事で早退させてくれと教室へ迎えにきたことがある。痩《や》せっぽちで色の黒い娘とはちがって、ふくよかな感じの、美しい女性だったので記憶にとどめ、たまにこちらから、ママはどうしてると退屈しのぎに訊ねてみることもするけれど、小学五年生は、自分じしんのことでなく母親の話になるとあまり気乗りがしない様子である。しかし、その日は、彼女はオレンジエードを飲みながらおとなしくしていた。他に話しかけてくる生徒もいないので、ぼんやり煙草をふかしながら窓を眺めることができた。窓硝子《ガラス》の外は小ぢんまりした庭になっている。そこには名前を知らない樹が立っていて、生い繁った緑いろの葉が光の汗をしたたらせている。それからこれも名前の判らない赤い花が植えられ、三十度をこえる熱に細い茎でじっと耐えている。名前を知らない鮮かないろの蝶が現われ、名前を忘れたトンボが横切って飛んでいく。ぼくが二十六年生きてたくわえた博物学の知識はこの程度にすぎない。死にかけた熊蟬（たぶん）が枝から枝へ、葉から葉へ、透明な羽根を光らせながら跳《は》ねまわるのを見ることもある。ときには授業中でも見とれることがある。そうして、たいてい小学三年生の男の子に、先生、と呼びかけられてわれにかえることになる。彼はぼくのすぐ前にすわっている。最初からそこを指定席にしているのである。授業中にいちばん質問の多いのが彼だ。

（先生……）

とそのときも、声変りまえの少年は言った。

ぼくは庭を仕切っている垣根の板の模様に眼をこらしている最中だったので、振り向きもしないで、質問があるなら授業が始まってからにしようという意味のことをこたえた。

（ちがうの）

としかし彼は言う。

人の顔のようにも女の性器のようにも見える木目から、小学生の顔へ、ぼくは視線を移した。色の白い、頭と眼の大きすぎる男の子だ。三年生にしてはすこし舌たらずのところがある、ような気がする。

（こないだ、ぼく映画に行った）

（いつ）

（土曜日）

（おとついか）

（……うん。おばちゃんと一緒に）

(何の映画)

(ぎんがてつどうのよる)

(おもしろかったか)

(ううん。そのとき、先生を見た)

(どこで?)

(バスの中から)

(声をかければよかったんだ)

(呼んだよ。でも先生、下をむいて歩いてたから聞こえなかった)

(……そうか?)

(うん。おばちゃんがね、あれが先生だって教えたら、びっくりしてた。若いのねって)

(おばちゃんていくつだ)

(はたち)

(はたちっていくつだ)

(20……? ねえ、先生、どうして下をむいて歩くの?)

(……歩かないか?)

(ちゃんと前を見て歩けって)

（誰が）

（みんないう）

ぼくは短くなった煙草を消し、飲みあきた麦茶を脇へよけた。そうやって適当な答をさがしてみたが見つからなかった。これまで生徒たちから受けた質問は、いつかどこかで眼にしたものばかりだから、かつてぼくじしんが教わりあるいは本で読んだことばかりだから、なんとか答えられた。けれど、先生はなぜ下を向いて歩くの？　ぼくじしんの何故という問いかけに答を出すのは難しい。ぼくはどうしてうつむいて歩くのか。二十年間、あいかわらずなのだと生徒に答えることはできない。白い夏の道にたたずんでいる少年の姿を説明してやることはできない。先生は自分じしんを考える能力に欠けているのだ。そんなことを生徒に告白してみてもしようがない。

少年が訊いた。

（どうして？）

ぼくは正直に答えた。

（わからない）

（先生はいつも下をむいて歩いてるの？）

（……かもな）

（ふうん）

と少年はいった。

腕時計は十一時四十一分を示している。灰皿には二十本以上の吸殻がたまったままだ。椅子を立って、クーラーのスイッチを切り、窓を開け放した。陽射しに眼がくらんだ。蟬の声に耳をすます。一日ごとに遠ざかっていくような気がする。風はない。

窓を閉め、椅子にかけなおした。小学三年生が問題を声に出して読んだ。

「くるま一台に四人ずつ乗っています。くるまが三台あります。みんなで何人乗っていますか。式をたてなさい」

少年は鉛筆を握ったまま三秒ほど考え、プリントの解答欄に4×3＝12と書く。彼の筆箱のなかから赤鉛筆を取って、答の上に丸を描いた。大きな頭が上がり、大きな眼が見上げ、何も言わなかった。

「せんせ」

と後ろの席で五年生の女の子が片手を上げて呼んだ。彼女はいつも授業が終りに近づいたころ、呼びつける。席を立って歩き、女の子が指さした問題を読んだ。

「4こで二〇〇円の眼帯と、6こで二四〇円の眼帯があります。どちらの眼帯が高いですか」

「眼帯じゃないよ、ナシだよ」

「まだはずせないのか」

「もうすこし」

「プールは」

「プールって？」

「どっちが高いんだ？」

「どっちでしょう。ハイ、書きなさい」

眼帯の少女は身をくねらせて隣の席に寄りかかり、甲高《かん》い声で笑った。同い年の女の子がそれを受けとめながら、遠慮がちの笑顔になる。

「お兄ちゃんどうしてる」

「一回戦で負けたから元気ない」

「美人のママは」

「なによ先生なんて、一回しか会ったことないくせに」

「どっちが高いか式をたててみろ」

「時間ないから白紙にしようかな」

そう言ってまたさっきと同じような笑い方をする。隣も同じ。笑い終って言った。

「あのね、夏休みの宿題に音楽のプリントがあるんだけど、みんなで白紙で出そうって決めたの」

「どうして」

「だってオカノなんてだいっ嫌いだもん。ねえ?」

「岡野先生、どんな人だ」

「なまいきなの。顔はこう」

女の子は、両手の小指を口の左右にあてて引っぱり、中指で鼻を押えてみせた。それから隣の席と一緒に笑いころげる。

「男か」

「先生!」と別の声が言った。

「女。呼んでるよ」

腕時計を見ながら、声の方へ歩いた。五年生の男の子が口をとがらせて言う。

「先生、うるせえよ。あいつなんとかしろよ」

「なんとかって」

「ひっぱたけ」

「彼女のお兄ちゃんの友だちだろ」

「俊一は友だちだけど、あいつ嫌いだ」

「プリントぜんぶできたか」

「ああ」

机の上の用紙を手のひらで叩いて、椅子の背にもたれる。もういちど腕時計を見て、先に帰ってもいいと言った。

「あと五分しかないから採点は明日だ」

五年生は無言で筆記用具と問題集を鞄《かばん》におさめると、椅子を引いて立ち上がり、帰り際に、

「先生、もうちょっとまじめにやってくれよな」

と言った。


ベッドのうえであぐらをかいて、短い吐息をついた。

太った女は涙声で、いったい何しにここへ来てるのよ、と訴えた。

「ばかにしないでよ」

ベッドのしたで横坐りになっている女の、ブラウスのボタンは二つまではずれ、スカートはめくれて片方の太腿《ふともも》が見える。束ねた髪はいつのまにほどけたのだろう。

ベッドを降り、脱ぎすてたズボンをはきなおした。女がすわったまますこし後ずさりする。シャツを頭からかぶった。そのまま腕を通さずに部屋を出て、短い廊下をはさんだ隣の部屋を通り、台所の流しで水を飲んだ。ひどく冷たかった。もとの部屋に戻り、シャツを着終って女を見おろした。ブラウスのボタンは上まで止められ、スカートは両膝を隠し、肉のあついふくらはぎだけを見せている。泣ききれなかった女が言った。

「帰るの？」

一歩だけ近づいて、爪先でスカートをめくると白い腿がのぞいた。女が力をこめて、足を払う。ズボンのジッパーを下げて、女の顔の前に立った。

部屋の隅に追いたてられた女が、両手をつい立てにしてふせぐ。彼女のふっくらした手のひらにあてた。また涙声になった。嫌なのか、訊ねた。いやだいやだと答える。

女の両腕をつかんで広げ、つい立てのなくなった顔にふれた。きつく結んだ唇をなぞる。言葉にならない細い声があがった。唇が上下に分かれて言った。

「噛むわよ、噛むわよ」

女が本気で両腕に力を入れ、ふたたび顔をおおった。部屋の隅で泣きくずれた。

女の前にしばらくたたずみ、腰をかがめてティッシュ・ペイパーの箱から一枚とって拭《ぬぐ》った。仕事帰りに塗りなおした口紅の跡が残った。ジッパーを上げる。泣きながら女が言った。

「もう……いったいなにしにくるのよう」

二度と嫌なのか、訊ねた。それには答えなかった。

「なにを考えてるのかわからないわよ。あなたの頭のなかがどうなってるのかさっぱりわからないわよ」

「………」

「鍵をおいていって」

ズボンのポケットから鍵を引っぱり出して、女のそばに放った。部屋を出て、短い廊下を通り、玄関へ歩く。女が大きな声で呼んだ。

「これちがう。自動車の鍵じゃないの」

もう一つ、キイホルダーについていない鍵をポケットから探し出して、待った。太った女が板張りの廊下を素足で踏んで現われ、車のキイを差し出す。交換した。

「さよなら」

口紅のはみだした唇が開き、うるんだ眼で見た。

扉の前にしゃがみ、靴をはいた。

「もう来ないでね」

鍵がないから来られない、振り向いて言い返した。


続きを書く。

こないだは一休みしようとペンを置いたところへちょうど電話がかかってきた。夜の十時をまわっていた。ぼくは風呂あがりで缶ビールを飲みながら書いていたのである。今夜もそうやって書く。

電話をかけてきたのは女です。知り合ってから四ヶ月近くになる。寝てから二ヶ月になる。太った女だ。初めて見たときもそう思ったし、見慣れたいまでもそう思う。顔はからだつきに比べると小さいから、肉のついた上半身と、それよりもっと肉の厚い下半身とをおおった裾広がりのワンピース姿を離れたところから見ると、きれいなピラミッド型をしている。ほんとうにそう見える。

太った女はバッティング・センターの受付係をしている。客が差し出す百円玉二枚と引き換えに1ゲーム分のコインを渡すのが彼女の仕事だ。そのバッティング・センターにぼくは春先から初夏にかけて通いつめた。なぜ春先に通い始め、なぜ初夏になって急にやめたのかは自分ではもちろんわからない。始めたのはプロ野球が開幕したころだが、べつにぼくは野球に興味を持っているわけではないから、それとは関係ないと思う。一回目はただ偶然だろう。車を運転して街を走り回っていたらバッティング・センターに着いた。草野球のシーズンにはまだ早いのか客は他にいなかった。ぼくは千円札を女に渡し、五枚のコインを受けとった。バットを振りまわしたがちっとも当らない。悔しくてもう千円分振ったら手は豆だらけになり、あくる日は腕と腰が痛くてしようがなかった。それでも朝から出かけた。ぼくが一番の客だった。バッティング・マシンと太った女とぼくだけだ。その日は五枚のコインのうち二枚余して、帰りに手袋と野球の入門書を買った。

最初のうちは通っても通っても、マシンから飛び出した軟球が金属バットをかすめる耳ざわりな音しか聞けなかったが、一ヶ月もすると（一ヶ月もかかってというべきか）、ぼくは1ゲーム25球中20球はまちがいなく芯《しん》でとらえられるようになった。球をバットの芯でとらえるととても心地よい音が聞こえる。キーンと書いてもカーンと書いてもちがう。まが抜けている。音は言葉にならない。時間が止るのだ。あるいは死ぬ。マシンとぼくとのあいだで一瞬、時が死んでしまう。そんな感触で表わすしかない。ぼくは金属バットをかまえ、マシンを視《み》つめる。息を詰め、両手に力をこめ、肩の力は抜く。入門書通りである。ハイ・スピード・ボールのマシンから飛び出した球がホーム・ベースの真上を通る。その一瞬だ。球は静止し、ぼくは腰を回転させてバットを振る。時間は死んでいる。球は待っている。芯でたたく。振りきったときにはもう時間は息を吹きかえしている。音は聞いたとたんに消えている。そのくり返しだ。一瞬のくり返し。手間と時間をかけ、スタンスを決め、フォームを固め、息を殺し、待ち、空気を切り、音を聞く一瞬をただ何度も味わうために、ぼくはバッティング・センターに通いつめたのかもしれない。あるいは、そんなことはこじつけにすぎず、理由はもっと他にあったのかもしれない。何べんも言うけれど、自分じしんを正確につかむことをぼくはなかば諦めている。通った本当の理由なんて見つけられないのである。ひょっとしたら無言のマシンに魅《ひ》かれて挑戦をつづけたのかもしれぬし、またひょっとすると太った女のためにバッティングの上達に励んだのかもしれない。

　彼女の話に移る。

　ある雨降りの朝、そのときもバッティング・センターの客はぼく一人きりで、受付係としては暇をもてあましたのだろう。ぼくがいつものように一二五回バットを夢中で振り終えて気がつくと、緑いろの網で仕切られた隣のケージで彼女が遊んでいる。しばらくその様子に見とれてしまった。ほんとうは、遊んでいるという表現はどうかと思うくらい、彼女は一回一回真剣に金属バットを振っていたのである。ただしそのバッティング・フォームはでたらめで、サッカーのボールだって当りそうにない。彼女がほぼ水平に振るバットと球との間は何度やっても三〇センチ以上は離れていた。しかしそんなことはどうでもいい。ぼくは彼女のバッティング技術にではなく、体型と、そのからだの連続したうごきに見とれたのだから。両腕の肘を伸したまま女はバットを振った。足が小刻みにステップを踏み、からだごとぐっと回ってスカートが弧を描き、彼女は頭を頂点としてきれいな円錐形になる。まるい膝頭がのぞき、踏ん張ったふくらはぎが見える。豊満な乳房の影が洋服のうすい布ごしに透いて揺れる。ノースリーブの生白い二の腕がしなやかに伸び、スカートの弧に沿ってまわる。小さめの顔はほんのり赤くなり、束ねた髪の額から鬢《びん》のほつれたこめかみにかけて汗の粒が浮きだしていた。

そのうちに彼女がこちらの視線に気づいて微笑《ほほえ》み、舌を出した。ぼくは二重に張られた網をくぐってケージの外へ出ると、彼女がそばに立つのを待った。手の甲で汗を押えながら女は近づいて、言った。

(みっともなかったでしょ)

(きれいだよ)

とぼくは言い返した。けれど実のところ自分が何を喋ったのかすぐには気がつかなかった。彼女の上気した顔がほんの少し怪訝《けげん》そうに訊ねた。

（えっ？）

（…………）

それでぼくはばつが悪くなって黙った。さっき彼女のからだのうごきに見とれていたときの感想を伝えたかっただけなのである。魅力的なバッティング・フォームだった、と言い直そうかと咄嗟《とっさ》に考えたが、同じことのような気がしたのでやめた。

（あたしなんか……）

と女が呟き、ぼくはそれを、婉曲にこちらのバッティングをほめているのだと見なして、初めてバットを握ったときは誰でもあんなものだよと答え、次に、

（毎日、熱心ですね）

（うん。まあ……）

という短い台詞が入り、

（仕事は何をしてるんですか？）

とたたみかけられて、もうぼくは後にひけなくなってしまった。

ちょうど翌日が彼女の公休だったので、割勘で映画を見て食事をした。次の休みは例の年代物でドライブに誘った。車の助手席側が沈み込むような錯覚を味わいながら二時間ほど走りまわって、丘を上り、海岸沿いに下り、遊覧船に乗り、遅めの昼食をとった。キリンの首

は長いのになぜ前へ倒れないかという話を、新聞で読んだ通りに教えてやると彼女は非常に喜んだ。また二三時間走って、お茶を飲み、午前中と同じ道をたどって丘のうえで駐車し、窓を閉めた中で三べんキスをした。こんどは下る途中でモーテルへの別れ道にハンドルを切った。

夕方の六時頃だった。一戸建てのバンガロー風の家に入り、和室で互いに座布団にすわってテーブルをはさみ向い合った。

（よく来るの？）

と彼女が場慣れしたともしないともとれる質問をして、ぼくは初めてだと答えた。何故ほんとうのことを教えたのかは判らない。それから二人で風呂に入った。最初は彼女が先に一人で入る約束だったのである。しかしぼくはそういう場所で、そういう状況でどうやって一人で時間をつぶせばよいのかわからなかった。五分もすると耐えられなくなり、予告なしに浴室の扉を開けた。いやだ、と彼女は叫んだ。ぼくは答える文句が浮ばなかったので黙って湯舟につかり、縁に腰かけた。女は肩まで沈みこんで両手で顔をおおっていた。ぼくは女の片手をとって引きよせた。

（いやだ）

と女がまた言った。

(かたくなってる)

そしてぼくを見上げ、舌を出して微笑んだ。微笑んだまま口を近づけ、ちょっと舐《な》めただけですぐに離れた。

(きれいと言って)

真顔でぼくを見て女が頼んだ。

(あのときみたいに言ってみて)

ぼくは言った。すると女は両手を添えて頬ばった。

彼女はこの街から二百キロほど離れた土地の出身で、伯母の家に下宿している。下宿といっても、母屋《おもや》とは別になった二階建ての上の方が彼女の部屋なので、ほとんど一人住いと変らない。一階の部屋には三十前後の女が(これは親戚ではない)、同じく一人で生活している。

伯母というのは、彼女の話からすれば六十過ぎの小柄な女で、相当の資産家である。彼女の血筋に小柄な伯母がいるというのは話を聞いたときもいまも納得しかねるけれど、実際にはぼくは見たことがないから信じるしかない。資産はむろん自分で築いたのではなく男が遺したものである。男は一昔前まで飲み屋とレストランを何軒かずつ経営する実業家だった。つまり彼女の伯母はその男の二号か三号にあたる存在で、旦那は十年くらいまえに(彼女が話すことだけしかぼくは聞いてないのでわからないが、たぶん原因は脳溢血だろう）亡くなったのである。それで伯母はいま住んでいる家作と、他に和風スナックというのを一軒、前々からの遺言通り引き継ぐことになった。もっとも、伯母は遺産の他にも小金をためこんでいるらしく、下宿人は二人置いているけれど姪《めい》からは部屋代を取らないし、自分が名目上のママになるスナックの方へも出たり出なかったりである。出ないときはたいてい旅行している。近くの温泉、京都、佐渡、北海道というところから始まって最近ではしばしば外国（ハワイ、香港、台湾、そしてまたハワイ）へ足をのばす。ぼくがドライブの帰りにはじめて彼女の部屋へ、傾斜の急な狭い鉄の階段を上ったときも、伯母は中国行きのツアーに参加していて留守だった。靴音を気にして忍び足になるぼくに向って、彼女は、母屋にはいま誰もいないし、一階の住人は夜の勤めだから心配する必要はないと教えたのだった。

伯母の家は丘の中腹にありしかも彼女の部屋（2K）は二階だから、階段の途中でも、アルミサッシの扉を開けると三和土がなくてすぐ廊下になっている脇の小窓からも、そして寝室の窓からもブラインドを上げれば、眼下に街並が見渡せる。手すりの低い階段の途中に立って眺めると、めまいがしそうでちょっと恐いほどだ。しかし夜（それほど遅くない夜）、眼をとじてうごかなくなった女からはなれてベッドを降り、ブラインドの隙間から淡い街灯りを覗《のぞ》くのは悪くない。背後ではクーラーの唸り声が聞こえるだけだ。下界では夜の始まりを告げるネオンが瞬《またた》いている。窓を開けはなてばきっとまだ蟬の声にまじって、昼間の熱気がさめつつある音が（たとえばはるか下の国道を終日、行来する自動車の残響のような音が）沸き上がってぼくをつつむだろう。

そんな夜の時間が好きでといえばまたこじつけになるかもしれないけれど、ぼくは毎日のように太った女の部屋へ通い出した。すでに季節が変り、野球チームのユニホームを着た男たちが、朝方からバッティング・センターにはめだつようになっていた。ぼくはそこから遠ざかった。学習塾が終った夜に彼女を訪れて抱き、ブラインドを指で押し開けた。夏休みに入ってからは鍵をもらい、昼間、学習塾が終ると訪れ彼女がバッティング・センターから帰るのを待って抱き、窓の外を眺めた。太った女はたぶんぼくにとって今年の夏の日課のような存在だった。ずっと昔、隅っこでやったラジオ体操や、夏休みの宿題や、ひとりぼっちの白い道がそうであったように、いま学習塾の三時間や、彼女を待つために上る鉄の階段や、終ったあと眼下に光るネオンサインがぼくの日課なのだった。

そして夏が終りに近づいた。

ある日、太った女はぼくに部屋の鍵を返せと言った。ぼくは黙って従うことにした。どうしてなのかはよく判らない。そのときぼくはただ八月の残りの日を数えていたのかもしれず、あるいは心のどこかで、夏が早めにきりあげられることを思って安堵《あんど》していたのかもしれない。ところが、こないだの夜、缶ビールを飲んで一息ついたとき電話がかかってきた。太った女はもういちどだけ会って欲しいとぼくに頼んだ。夏はまだ終りに近づいただけなのである。

夏休み最後の授業を定刻の三十分前に終えた。

出席した五人の生徒のなかに不満を述べる者はいなかった。

あいかわらずフレームのゆがんで見える眼鏡をかけた女が飲み物を運んで来た。そのまま奥へ引っこまずに、脇に立って、子供たちがオレンジエードを飲むのを見守っている。ハンカチにくるんだグラスを両手で持った女の子が訊ねた。

「先生、アリはどの足から歩き始めるの？」

「うん？」

「お母さんもお父さんも知らないって」

「アリに訊きなさいよ」

眼帯をした友人がそう言うと、質問をした女の子まで一緒になって陽気に笑った。思い出して、教えた。

「左側の二番めの足」

「見たの？　せんせ」

「読んだ」

「本で？」

「新聞。とうとうはずせなかったな」

「夏休みの友、半分しかできなかったんだって」

ふたたび子供たちが笑いくずれる。脇に立った女の笑い声だけ聞こえなかった。

子供たちがグラスを空にして玄関へ向った。帰り際に小学三年生の男の子が、この次の授業はいつになるのか確認した。椅子に腰かけたまま、月曜の夜だと答えた。

「先生……」

と女の手が肩に触れた。

「ちょっと奥へ」

「………？」

「おひるをご一緒に」

と言って、女は奥の部屋につづく廊下に消えた。

立ち上がり、壁に取り付けられたクーラーのスイッチを切った。麦茶の残りで灰皿のくすぶりを消し、それからほの暗い廊下の向うへ歩いた。


暗闇のなかで目覚めた。

太った女の足が畳を踏んでいた。

閃光が走り、部屋のなかがくまなく白くなった。

「ずっと寝てたの」

女が訊いた。灯《あか》りを消してくれと頼んだ。

「まぶしい？」

女はクーラーの正面に立ってブラウスの胸をはだける。時刻を訊くと九時だと教えてくれた。

「遅くなってごめんね」

女がまばらな毛の腋下を見せて紐を引っぱり、蛍光灯の照明が半分になり、次に淡いオレンジいろのランプにかわった。ボタンがはずされ、ファスナーが下げられ、下着一枚になってタオルケットのうえからおおいかぶさってきた。いやな匂いがする。女の唇が追いすがった。

「こっち向いて……」

唇をあてた。舌が歯を舐め、歯ぐきをさぐっている。鼻息がかかる。歯の力を抜いた。舌が進み、からみ、やがてはなれ、上唇と下唇を交互に吸った。

「友だちとお酒を飲んできたの」

太った女の息づかいが荒くなり、からだに弾みがついた。タオルケットがはねのけられた。息が下腹にかかる。

眼をつむった。

両手が握ってむしゃぶりついた。喉《のど》が鳴った。吸い出され、鼻息が聞こえ、また喉が鳴る。

女の両脚がシーツをこすりつける。

「……まだ？　いいの？」

と訊かれて、

「いいよ」

とこたえた。

太った女が身を起し、すわりこむように沈めた。両手を脇腹に添え、腰を持ち上げると、

「あ……」

短い声があがった。

肉のあつい尻が落ちてきた。女の肩を押えた。尻が上がり、落ち、振られる。

「かんじてる？」

と訊かれた。

腰を引いて、抜いた。からだが入れ替わった。女は両膝をついてうつ伏せになった。尻を両側からつかんで、あてた。辷《すべ》るように入りこむ。先から徐々に熱くなる。女の顔が右へ、左へ、鼻翼のふくらんだ横顔を見せ、見せないためにまた右へ、左へ、うごく。腰骨と尻の肉がぶつかる。なんどもぶつかった。女が言った。

「いまよ……」

そして言った。

「はやく、はやく」

腰骨を尻にあてたままこねまわした。もうじきだった。女の両肩をわしづかみにした。もうじき。片手を女の口に呑みこませた。唸り声が聞こえ、顔が髪が振りまわされる。終る。手の先が唾液にまみれる。終っている。口が吐き出し、深い息が洩れた。

うつ伏せになった女の横に倒れこんで息をととのえた。ベッドのすぐ下に置いてあった電話が鳴り出した。十三回まで数えて、切れた。風呂場へ行って洗い、部屋に戻って下着をつける。女は腰から先をタオルケットでくるみ、背中を見せていた。鼻をすすり、しゃくりあげる声が聞こえた。ベッドに上り、女の顔を覗きこみ、泣いているのを確かめた。また電話が鳴った。女の肩に手を置いたまま音の方を振り返った。十回まで鳴りつづけたとき、女の涙声が、

「伯母さんよ、きっと」

と言った。


また続きを書く。

九月になった。季節は変りつつある。学習塾は夏休みと一緒におわった。

最後の授業のあと、例の眼鏡の女に誘われてぼくは奥の部屋で鮨をごちそうになった。初めて見る部屋は、初めて歩いた廊下と同じようにほの暗く、六畳の広さに卓袱《ちゃぶ》台や、26インチのテレビや、食器棚や、整理簞笥や、それに仏壇まで据えてある。開け放した窓には簾《すだれ》が下がっていて風は通わない。代りに扇風機がまわっていた。女は、ぼくがビールを断ったので、何を飲ませていいのか考えあぐねたふうだった。ぼくは熱い茶を頼んだ。それがぬるくなったのを飲み、鮨をつまみながら彼女の話を聞いた。

生徒が一人やめるといってきたそうである。理由はぼくには判らない。母親からそういう

電話がかかったとだけしか女は話してくれなかった。ぼくは、ことあるごとに講師の授業態度を糾弾しつづけた小学五年生の男の子の顔や声を思った。彼は夏休みの終りの一週間を欠席していたのである。女はつづいて、二ヶ月たったのに生徒の数がいっこうに増えないのはどうしてだろうかと言った。ぼくが黙っていると、夫はもうやめた方が無難という意見なのだとつけ加えた。沈黙と熱すぎる茶が苦痛なので、ぼくは、釣具屋の方はうまくはこんでいますかと訊ねた。女は、おかげさまでとだけ答えた。

（それで、どうしましょう）

（…………）

（先生もやめた方が無難と思いますか？）

ぼくは熱い茶を吹いて、一口すすり、

（おまかせします）

と言った。

するど女は茶封筒を取り出してぼくに渡した。残りの給料と明細が入っているそうである。他の生徒のことは、自分が親たちに説明して謝るから心配いらないという。そのあと二人とも、お茶が冷めるまでこの夏の暑さのこと以外喋らなかった。ぼくは湯呑みを置いて最後の挨拶をした。始まりも簡単だったが終り方も同じだった。

今年の夏の日課が一つ消え、もう一つも消えつつある。

太った女の部屋にもぼくは通わなくなった。あるいは通えなくなった。彼女の伯母が、姪の男出入りに干渉しだしたのである。といっても、もちろんぼくじしんが面と向って批難されるようなことはない。せいぜい、部屋にいるとき母屋からの電話で（延々と鳴りつづける呼出し音で）いらいらさせられる程度である。自分が経験してきた男性関係に照らし合せて、保つべき節度をそのくらいの嫌がらせに置いているのだろう。しかし太った姪は、伯母の部屋で向い合ってきびしく咎《とが》められたそうである。毎日毎日、男が昼間から入りこんで夜帰って行くのだから、それも無理はない。伯母は、こんな状態ではあんたの両親に申し訳が立たないと通りいっぺんの文句を口にしたあとで、相手はどんな男か、いったい二人はどんな関係にあるのか、詰問した。姪はただうつ向いて答えなかった。ぼくに言わせればそれは責められる側にまわった人間のとる常套手段である。しかし彼女は、そうじゃなくて、答えようにも答えられなかったのだと、泣きながらぼくに打ち明けた。

どういう関係かと問われたとき咄嗟に彼女の頭に浮んだのは、情婦、という言葉だったそうである。その言葉が浮んだとたんに、彼女はうつ向いたきり涙をこらえるばかりで何も答えられなくなったそうだ。ためしに情婦を辞書で引くと、いろおんな、とだけあった。いろというのは、たぶんベッドを中心にまわるつき合いを表わすのだろう。そう考えると、情婦という言葉くらいぼくに対する彼女の立場を端的に、しかも十分に説明するものは他にないような気がする。彼女と外で会っていたのは最初のうちだけで、それもバッティング・センターを別にすれば映画を見て食事をしたのが一度、ドライブも一度きり、あとはぜんぶ部屋のなかだ。ベッドのある部屋でぼくは彼女を待ち、彼女はそこへ現われる。それが二ヶ月の交際のすべてだ。

ぼくは彼女の言葉の選び方に感心した。その通りだと思った。いま考えてみると、ひょっとしたら彼女はちょうど週刊誌か何かで情婦という言葉を眼にしていて、それがふっと口にのぼったのかとも疑えるけれど。ともかく、彼女は今年の夏、ぼくの情婦だった。そういうことになる。そしてそうなると、彼女はぼくの情婦であることに我慢できない。伯母からの電話がベッドのそばで鳴るたびに、太った姪は自分の立場を思い出すらしかった。伯母に詰問されたときこらえた涙も、ぼくと一緒のときはこらえきれぬ様子だった。

ぼくは太った女の部屋に毎日通うことをやめた。一日おき、三日おきに通うのもしだいにやめた。ぼくが部屋を訪れることは、彼女を情婦の立場に追いこむ結果になってしまう。彼女は外で会いたがっている。一度きりの映画へ、ドライブへ、ふたたびぼくの足を向けたがっている。しかし、理由は考えないので判らないが、ぼくの気は進まない。

こうして、九月になり季節は変りつつあるが、ぼくはあいかわらずだ。あいかわらず母には定職につけとせっつかれ、あいかわらず生返事をしてその場をしのぎ、あいかわらず一人のときは机に向ってこんなものを書いている。書くことは、自分じしんをつきつめて考えることと離れている。むしろ逆ではないかという気がする。これを書いているときだけ、ぼくは考える辛《つら》さから逃れている。頭のなかの白い夏を忘れていられる。

まだ今年の夏は終ったわけではないが、ぼくの日課は一つ一つ失《な》くなっている。ぼくの夏はうすれていく。日に日に、一人で自分の部屋にいる時間が増え、たまにポンコツをころがしてドライブに出かけても行き場所は決っていない。太った女から電話がかかることもあるが、その間隔もしだいに遠くなっていくようだ。かからなくなるのも、もうじきだろう。

次に最近の一日の典型を掲げて、この夏をしめくくる。

朝、八時に目が覚める。学習塾に行っていたときの名残りだろう。そう考えてもういちど眠る。十時、起き出して新聞を読む。隅から隅まで読み終るのが正午近く。歯をみがき、顔を洗い、朝食兼昼食をとる。コーヒー、トースト二枚、胡瓜あるいはトマト。机に向って二杯めのコーヒーを飲みながら煙草をふかす。午後一時。ドライブに出かける気持のないときはベッドに寝ころがって本を読む。読みながらたいてい眠っている。三時。『ツルはなぜ一本足で眠るのか』をベッドに置いたままふたたび机に向う。机は窓際に寄せて置いてある。レースのカーテン越しに陽射しがまだ強い。煙草をくゆらせる。コーヒーをもう一杯いれる。

寝汗をかいたシャツを替える。ドライブに行かないときはベッドに戻って本を読む。読みながら眠ってしまう。六時。パート帰りの母が近所の人と立ち話をしている声が聞こえる。洋服の布地の話とか、街灯の電球が切れているので取り替えてもらわなければという話とか、勤めの都合で隣県に一人住いしている父の話とか。七時。母と二人でテレビを見ながら夕食。トンカツ、みそ汁、野菜サラダ。風呂に入り、缶ビールを飲む。九時。ドライブする気がないときはベッドで読書。また眠っている。十一時。机に向う。レースのカーテンが夜の風でふくらむので窓を細めにして、扇風機を回す。缶ビールの残りを舐めながら書く。午前一時。夜食、インスタント・ラーメン、生卵入り。また机に向う。書く。灰皿が吸殻でいっぱいになる。書いたものを堅い表紙付きのホルダーにはさみ、本棚へ戻す。三時。ベッドに横になる。耳鳴りがすこしする。三時半。眠れない。四時。洗面所へ行って歯をみがく。ベッドに戻る。近所で飼われている鶏がときを告げる。耳鳴りはもう気にならない。四時半、を確かめて眼をつむる。これで眠れる。一日が終った。

車はゆるやかな坂道を下っていた。
桟橋《さんばし》まで降りて遊覧船に乗ろうと女が誘った。

「まだ早いかしら」

腕時計は九時四十六分に変ったところだ。

やがて別れ道を示す看板が見えてきた。速度をゆるめる。左へハンドルを切るとき女のゆがんだ顔が眼に入った。

細い道の両側に樹木が生い繁り、九月の陽をさえぎっている。徐行して入っていく。ほの暗い道の途中で、女が腕を押えた。

「やめてよ。こういうことだったのね。……ちょっと、止めてったら。どうかしてるんじゃないの?」

ブレーキを踏んだ。

「朝の十時なのよ」

車が止った。もう一度腕時計を見て、九時四十九分だと教える。女の掌《てのひら》が頰を打った。

「降ろして」

答えずに、打たれた頰をさすっていた。

「降ろしてよ。ひとりで行けばいいんだわ」

ひとりで行く場所じゃない。

「じゃあだれかほかのひとと行ってよ。あたしは、あたしは……情婦じゃないわ。はやく降ろして」

自分じゃ降りられないのか。

女が自分でドアを開け、外へ降りた。車の左側が急に軽くなり、浮き上がるような錯覚をおぼえる。女は泣いている。

開いた窓の位置まで顔を下げて、

「さよなら」

と言った。

「もう電話しないわ。ぜったい、二度と電話なんかかけないから」

送っていくから乗れと勧めても、女は断った。

リバース・ギアに入れる。アクセルを踏み、ほの暗い道をゆっくり後退する。ショルダー・バッグの紐を片手で握り、もう一方の手で眼を拭っている女から少しずつ離れていく。

明るい陽射しの道に戻ると、女の方は見なかった。声も聞こえなかった。ずいぶん遠くで蟬が泣いている。ゆるやかな坂道を下りながら、残りの暑さを思った。

シャトー・マルゴー

村上 龍

アラン・デュカスというレストランがパリにあるのだと誰かがわたしに言った。その誰か、つまりあなたのことについて今わたしは考えている。あなたが本当は誰だったのか、あなたの告白通りあなたは作家だったのか、かつてはわたしの本当の恋人だったのか、偶然どこかのバーで隣り合わせただけの人間なのか、わたしは考えている。大切なことは深く考えないとわからない。

あなたは、ある部分は詳しくある部分はひどく曖昧にアラン・デュカスのメニューを覚えていた。あなたはそのときに飲んだシャトー・マルゴーというワインとデザートに食べたというチョコレートムースのことをわたしに話してくれた。シャトー・マルゴーの香りで、セックスが欲しくなったとあなたは言った。

わたしはどこか遠くの街から絵はがきを書いて出してくれる恋人が欲しかった。熱帯や砂漠や凍りつく氷原や中南米の怪しげな都市の地下や北アフリカのリゾート地から送られてくる、印刷が霞んでしまっている絵はがきが読みたいと思った。もちろんその絵はがきはわたしに宛てて書かれたものでなくてはならない。その絵はがきを待ちながら無為に過ごす、そういう一日を夢見たものだ。何もしない。スイミングスクールにも行かず、手芸もしないし、本だろうが雑誌だろうが読むこともない。わたしの家の前には海があってわたしはただ波が寄せて返すのを眺めながら絵はがきが届けられるのを待つのだ。絵はがきを届けてくれるのは無口な郵便配達夫だ。彼はわたしの家までの道を小型のオートバイに乗ってやってくる。道は舗装されていないので晴れた日には灰色の砂煙が上がり、ベランダからでも居間からでもそれがよく見える。その灰色のかすかな煙を確かめるとわたしの胸は高なる。からだのどこかが何かを訴え始める。薄い刃のナイフで肌を傷つけたくなるような、親しい人の悲鳴を遠くで聞くような、そういう感覚に襲われる。郵便配達夫は悲しい過去を持った若い男で、わたしは彼が微笑んだりするところを見たことがない。彼は決して表情を崩さない。

その郵便配達夫には性的異常者だという噂があった。そのことをわたしは近所に住むケーキ作りの得意な主婦から聞いたことがある。あの男の前では絶対に短いスカートを穿《は》いたりしてはいけませんよ、フランボワーズのスフレを作って家に持ってきてくれた主婦はそういうことをわたしに言った。

　あなたがくれた最初の絵はがき。それは南の島からのものだった。こんな島に来たのは初めてです、あなたはそう書いていた。インクが少し滲《にじ》んでいて、あなたがその絵はがきを書いたあとにスコールがあったからだろうとわたしは思った。だがもちろん読めないようなインクの滲みではなかった。むしろ、わたしはあなたの個性的な字の上に楕円《だえん》形の模様があるのを楽しんだものだ。ここはミクロネシアでもタヒチでもカリブでもありません。わたしは絵はがきの表の写真を眺めた。南の島の入り江。手漕《てこ》ぎのカヌーと小さな桟橋、砂浜に点在する椰子《やし》の葉で屋根を葺《ふ》いた小屋、背後の山には滝のようなものが見える。それが滝なのかどうかははっきりしない。写真は少しフォーカスが甘いのか印刷技術が低いのか全体的にぼんやりとしているからだ。逆さにしてみると空が海のように見えてしまう。色も鮮明ではないし、表面には細かな染みのようなものもある。ぼくはこの島でダイビングをして、また囚人達の取材をしています。ダイビングは趣味で、囚人達の取材は仕事です。どうして島に囚人がいるかというと、ここはビルマからの密漁者が多くて、前世紀に建てられた刑務所に収容されているからです。流刑の島だったわけです。その刑務所は島の中心部にあります。ぼくはガイドに案内されてその刑務所に行ってみました。一種の観光地になっているのですが、昔の処刑場も残っていて、絞首台というものを初めて見ました。よく映画などでは階段を上がっていって、その先にロープが垂れ下がっていますが、ここでは一つの隔離された部屋になっていました。ぼくはその部屋に入ることができた。絞首台はシンプルで、天井の鉄製のフックから垂れ下がっているロープと一脚の椅子があるだけだった。木製の三本脚の粗末な椅子はひどく不安定な感じがした。軽く蹴っただけで倒れそうだった。考えてみれば当たり前のことだけど、坐るための椅子ではない。椰子の繊維で編まれたロープは大人の親指ほどの太さだった。そのロープを手に取ってみて、汚れていないのをぼくは意外に思ったものだ。これは陳列用に新しく作ったものなのかとガイドに聞くと、そうではない、とガイドは言った。昔からずっと使用されてきたものだそうだ。ぼくは絞首台と断頭台と勘違いしていたんだ。首を絞めるためのロープには血は付かない。ぼくは記念写真を撮ろうと思った。ふざけてロープを首に巻いた写真を撮ろうとしたら、ガイドに止められた。そのロープには大勢の死刑囚の後悔と諦《あきら》めが染み付いてしまっているからそういう悪戯《いたずら》をすると何かが乗り移るのだ、そう言われて少し恐くなった。流刑の島でも、ここの海はきれいだ。ほとんど知られていないリゾートだから観光客も少ない。ロシア人が多い。ロシア人の女性はいまだに腋《わき》の毛を剃《そ》る習慣がないようだ。海岸には腋の毛を堂々と晒《さら》したロシア人の女性がたくさん日光浴をしています。

　わたしはあなたがどういう状況で絵はがきを書いているのか想像することがある。あなたはもっともやすらぐ時間についていつか話してくれたことがあった。大事なのは、何事かを終えた日の夕方だとあなたは言った。わたしはあなたが旅先でその時間を楽しむところを心に想い描いた。あなたはその見知らぬ街に着きホテルにチェックインすると、荷物の整理をしたあと、プールがある場合には軽く泳ごうとするだろう。時間の余裕があるときはテニスコートを探してダブルスを二セットほどするのかも知れない。いつか東欧の国のテニスコートの絵はがきを貰ったことがある。あの絵はがきはきれいだった。川沿いの赤い土のテニスコートで少年達が黄色のボールを追っている写真がプリントされていた。そういうコートであなたが地元の人達に交じってテニスをするところをわたしはよくイメージしたものだ。時差をとるためにはからだを動かすのが効果的なんだよ、あなたはそういうことを言ったことがある。あなたは軽く汗をかいたあと、部屋に戻りシャワーを浴びて、夕食のための着換えを済ませ、ホテルのバーに行き、一人で何か強いカクテルを飲む。そういう時間が好きなのだとあなたが言うのを何度か聞いたことがある。わたしはあなたの書いた文章をわたし宛の絵はがき以外では読んだことがないから、そういうことを書いたエッセイの類《たぐい》があるのかどうか知らない。たぶんあるのかも知れないが、わたしはあなたの書いたものを読むことはないだろうと思う。あなたは社会的には作家かも知れないが、わたしにとってはそうではない。あなたはウェイターにチップをやってすぐ傍のマガジンスタンドに絵はがきを買いに行って貰う。どんな絵はがきがいいのかとウェイターに聞かれて、できるだけ普通のやつだとあなたは答える。ニューヨークだったらエンパイアステートビルとかパリだったらエッフェル塔とかそんなやつだ、あなたがそう言うとウェイターは笑顔を見せる。あなたの言い方にスノッブなところが少しもないからだ。ウェイターが買う絵はがきの数はわたしにはわからない。わたしはもちろんわたしだけに絵はがきを書いて欲しいと思ったが、あなたは他の女性にも絵はがきを出したかも知れない。それはそれでいいとわたしは思うことができる。あなたからの絵はがきはわたしの宝物で、それがわたし一人だけに出されたものかどうかはどうでもいいことだと最近思えるようになった。

ドライマティーニかシェリーのようなお酒を飲みながら、あなたはバーカウンターの端に坐り、わたしの住所を書く。万年筆から濃いブルーのインクが滲み出て、あなたの筆跡を形作っていく。あなたは何でもない文章を書くことの喜びを感じる。元気ですか、ぼくは元気です、ただそれだけを書けばいいという喜び。不特定多数の人々ではなく顔の見える個人に宛てて書くという喜び。それは小さな喜びかも知れないが、あなたにとっては他では得られないものなのだろう。

元気ですか。ぼくは元気です。今、陽が決して沈むことのない北極圏のトナカイの放牧地帯にいます。元気ですか。ぼくは元気です。今、砂漠に夕日が沈もうとしているところです。元気ですか。ぼくは元気です。今、彼方の丘の上からコーランが聞こえてきました。元気ですか。ぼくは元気です。今、巨大なスラムの真ん中に架かる橋を大勢の人々が渡っています。元気ですか。ぼくは元気です。カテドラルの前では大道芸人達が店を閉めようとしています。元気ですか。ぼくは元気です。やっとハリケーンが去ったので明日東部へ移動します。元気ですか。ぼくは元気です。カーニバルが終わった通りでは明け方の薄明かりの中でイルミネーションが揺れています。元気ですか。ぼくは元気です。今日はモネの絵とロートレックの生家を見に行きました。元気ですか。ぼくは元気です。映画祭は無事終わって地元のリンゴ酒の樽《たる》が用意されてパーティが始まろうとしています。元気ですか。ぼくは元気です。このホテルの部屋の窓からは修道院の中庭が見えます。元気ですか。ぼくは元気です。海峡を横断する船の中でこれを書いています。元気ですか。ぼくは元気です。やっと高度にからだが適応してきたようです。元気ですか。ぼくは元気です。ここはサウナの本場だけど誰もサウナに入っている人はいません。元気ですか。ぼくは元気です。タグボートを改造した懐かしいクラブでたくさんの昔の友人達に会うことができました。元気ですか。ぼくは元気です。さっきシャーマンから未来を見て貰いました。元気ですか。ぼくは元気です。ジャングルから何か動物が水を飲みに出てきています。元気ですか。ぼくは元気です。深紅のオールドローズが咲き乱れる有名な一五番ホールではダブルボギーを叩《たた》いてしまいました。元気ですか。ぼくは元気です。泳ごうと思ったんだけどプールの水面に虫がいっぱい浮いていて泳ぐのを止めました。元気ですか。ぼくは元気です。今ホテルのバーでこれを書いています。その昔このバーは亡命してきた革命家や迫害を逃れた政治犯が集まることで有名だったそうなんですが、今はそういった面影はありません。ごく普通のバーです。壁には昔の市街の様子を描いたタピストリーがかかっています。このはがきを書いていたら、さっき詩人だと自称する酔った老人に話しかけられた。このあたりは出版社が多いので詩人というのは案外嘘ではなかったのかも知れない。黒ビールを飲みながら、詩人は一晩に二人の女とセックスをしたことがあるかとぼくに聞いてきた。それは順番に二人とするのか、それとも同時にするのかとぼくは聞き返した。そんなことはどっちでもいいのだと詩人は言った。要するに一晩に二人の女とセックスしたことがあるかどうかということで、君はしたことがあるのか、ないのかどっちなんだ、何か韻を踏んだような美しい言葉を合間に入れながらそう言った。ぼくはそういう言い回しはできなかったし、ぼくのほうが頭は正常だったけど、その詩人が喋っていることのほうが説得力があるような雰囲気になってしまった。詩人の声は大きくて、カウンターの中のウェイターやテーブルの女性客がぼく達のやりとりに注目しているのがわかった。一晩に二人の女とセックスしたことはある、とぼくが答えると、詩人は、あんたは地獄へ堕《お》ちるな、と言った。ぼくが納得できないという顔をしていると、ただし、と詩人は笑った。そして、あんたはよく知っていることだろうが、地獄は退屈しない、とぼくの耳元で囁《ささや》いた。もうすぐ帰るので、帰ったら連絡します。

あなたとどこで出会ったのかどうしても思い出すことができない。あなたはわたしに近づいてきて、何か印象的なことを言った。だがあなたが具体的に何を言ったのかは思い出せない。わたしを誰かと間違えたような、おぼろげだがそういう記憶もある。

ただわたしは絵はがきを書いてくれる恋人に子供の頃から憧《あこが》れていたから、あなたと出会えたことがうれしかった。わたしはあなたからの絵はがきを待つために海の傍に住みたいと思った。目の前に広がる海をずっと眺めながらただあなたから送られてくる絵はがきを待つ。その他には何もしないし、友人と長電話をすることもない。それにわたしには友人と呼べる人間がもともと少ない。小さい頃から友人をつくることができなかったのか、それとも友人をつくる必要がなかったのか、今となってはそういうこともわからない。しかし、わたしは誰かにあるいは何か集団的なものに影響されるのが嫌いだった。わたしの周りには、ただ寂しさを紛らわすために、笑いたくないときに笑い、話したくないことを話し、聞きたくないことを聞く人々が大勢いる。わたしはその人達のようになるのがいやだったし、その人達と親しくなるのもいやだった。

海の傍の家からは名前のわからない花々が咲いているのが見えることだろう。砂浜ではなく、断崖の上にわたしの家は建てられているはずだ。そういう夢を実際に見たことが何度もある。わたしはテラスやバルコニーに出て、眼下の海を見下ろしているのだ。そのあたりは雨が降ることが少ない。四季を通じて強い日差しが照りつけ南からの暖かい風が吹いている。断崖の下で打ち寄せる波が途切れるあたりに小さな港がある。そこには白い小舟が係留されていて、簡単な食事もできるプライベートなクラブのようなものもある。わたしはまだそのクラブへは行ったことがないが、非常においしいサンドイッチがあるのだと、このあたりに住む誰かに聞いたことがある。気候がよく眺望もすばらしいので、この一帯に住む人達はみな優しくていろいろなことをわたしに教えてくれる。海洋学者もいるし、海の絵を描き続けている人もいる。わたしが新しい住人になったとき彼らはささやかなパーティを催してくれた。ワインとカナッペ、それにこのあたりに咲く花々を飾っただけの小さなパーティだったがわたしはとてもうれしかった。あなたはここに何をしに来たのですか、とわたしは聞かれ、恋人からの絵はがきを読むためですと答えると、誰もがわたしのことをうらやましがった。パーティには十数人が集まった。郵便配達夫に関する噂はそのときにも聞いた。その若い郵便配達夫はいつも伏し目がちに小型のオートバイに乗り決してまっすぐにこちらを見たりしなかった。顔を上げてわたしを見ることがまったくなかった。あるときからわたしは彼があなたからの絵はがきを読んでいるのではないかという疑いを持ってしまった。でも、読まれているとしても大したことは書かれていなかった。性的なことはほとんど何も書かれていなかったし、好きだとか愛しているとかそういうことが書かれた絵はがきもなかった。郵便配達夫は鉄製の門の横にある郵便受けにその絵はがきを入れていく。あなたからの絵はがきの他に手紙が来ることはない。電気料金や水道料金の払い込み通知やダイレクトメールや領収書なども来ない。だからわたしの郵便受けはあなたからの絵はがきのためだけにある。

このあたりの住人は優しいが、誰もわたしの過去や現在に興味を持っていない。仕事は何をしているのか、なぜどこにも外出しないのか、家族や友人はいないのか、などと誰も噂をしたりしない。彼らとはまだ一度も顔を合わせたことはないが、みな生活に余裕があり教養のある人々らしかった。

あなたからの絵はがきの中には時間が経《た》つと字が読めなくなってしまうものがあった。インクのせいではないと思う。そういう場所から出された絵はがきなのだとわたしは思うことにしている。あなたは小さな字でしかも一度書いたあとに重ねて何度もその上から続きの文章を書いてくれた。それでもわたしはその絵はがきをきちんと読むことができた。元気ですか。ぼくは元気です。そのあとには信じられない分量の文章があって、わたしはそれを読むのに数時間、時には数日かかることもあった。

元気ですか。ぼくは元気です。アラン・デュカスというレストランのことは前に話しただろうか。話したような気がする。ずっと田舎を回っていたので、久しぶりにパリに戻ってくると妙に緊張した。ニューヨークがアメリカの中で特殊なようにフランスの中でパリもどこか特殊だ。今回の旅でもっとも印象に残ったのはアルビという街の外れにあるシャトーホテルだった。長い距離を自分で運転してその街に着いた。カルカッソンヌからは高速がなくて曲がりくねった狭い一般道を走らなくてはならなかった。古い街道沿いにはワイン畑が広がり、えんえんと続くマロニエの並木道があった。旅でもっとも印象に残るのは何かといつか聞かれたことがあった。憶えていますか。そのときも同じことを言ったと思うけど、何でもないちょっとした出会いや景色がもっとも印象的なのだと思う。アルビの街に入ってからホテルの場所がわからなくなった。ぼくが持っていた地図によると、そのシャトーホテルはアルビの街外れにあって、コルドという街に向かう途中にあった。コルドという街へはどちらの道を行けばいいのか、誰かに聞くことにした。左側に教会と広場があって、右側には川の支流があった。車を降りて川のほうに下りていくと、バス停の標識があって、十二、三歳の女の子がいた。旧市街というか、表通りの喧噪《けんそう》も聞こえない非常に静かな狭い通りだった。ここに本当にバスがやってくるのだろうかと思うほど、狭くて古い道で、小鳥の鳴き声と川のせせらぎの音が聞こえていた。女の子は支柱が錆《さ》びついている停留所の標識にもたれて立っていたが、髪が川からの風になびいていて、まるで印象派の絵の中の景色のようだった。ぼくは道を聞かなければならなかったのだが、声をかけることができなかった。その景色は完結していて、たとえどんな形であれその中に侵入することは許されないような気がしたからだ。アルビのシャトーホテルに着いてからも、次の日もその女の子の映像が繰り返し浮かんできた。料理もワインも完璧だったけど、ぼくはずっとその女の子のことを思い出していた。他にもいろいろなことがあってパリに戻ってきたわけだけど、パリは巨大で気分が圧倒されそうだった。どうしても断れない会食があってアラン・デュカスに行った。三度目だったが、まさにパリらしいレストランだ。一階にプライベートな小さなバーがあって、食事のときは二階に上がっていく。バーにも階段の踊り場にもレストランにもシャンデリアがあった。シャンデリアのデザインや大きさにまったく間違いがなかった。シャンデリアは、適切なものを選ぶのが実は非常にむずかしい。センスではなく、経験で選ばれるからだ。たくさんのシャンデリアを見てそれが特別なものではないというような日常を送っていなければどういう大きさでどういうデザインのシャンデリアを選ぶべきか、わからない。レストランでは何を食べたのか実はあまりよく憶えていない。最初に出てきたのは、トリュフを挟んだフレッシュなフォアグラだったと思う。オマールがあったような気がするし、白身の魚が出てきたのもぼんやりと憶えている。シャンデリアの選択と同じく、どの料理にもまったくミスがなかった。ワインはシャトー・マルゴーだった。いつか話したようにシャトー・マルゴーの香りは特別だ。天井の高い、聖堂のように荘厳なレストランで、背筋を伸ばしたソムリエがグラスにそのワインを充《み》たしたとき、ぼくはセックスのことを考え始めてしまった。香りは他のどんなワインにも似ていない。胴が膨らんだグラスを目の前に近づけるとその香りの粒子がからだに入り込んできて、何か映像が浮かび上がりそうでまたそれが壊れるといったことが繰り返される。実際、何かを思い出しそうになる。もともと香りはそれ自体非常にエロティックだ。それは音楽と違って映像を喚起することがほとんどなく、直接内臓に作用するからだと思う。だが、そのレストランでシャトー・マルゴーの香りを嗅《か》いだとき、ぼくは映像になる前の信号のようなものがからだの中でうごめくのがわかった。それは細かい泡に似ていた。ジャクージの中で細かい泡が立ち、それが増えて盛り上がってくると、何かの形に見えてしまうことがある。だがいつか必ず泡は弾《はじ》けてしまう。泡が形をつくることはない。シャトー・マルゴーの香りが喚起した映像になる寸前の何かは、そういった細かい泡のようなものだった。

あなたからの絵はがきは時が経つと字が消えてしまうから、わたしはまだ字が残っている間に自分のノートに書き写すことにしている。わたしはあなたの字をできるだけ真似てあなたが書いた文章をノートに書きつけていく。一枚の絵はがきをノートに写すのに最低でも一週間かかり、長いものは一ケ月以上かかってしまう。

どうしてシャトー・マルゴーの香りに接する度《たび》にセックスのことを考えセックスが欲しくなってしまうのだろう。シャトー・マルゴーの香りは像を結ぶ寸前の映像を喚起する。何か関連があるのだろうか。そういうことを考えるとぼくはあのアルビの街の古いバス停に佇《たたず》んでいた女の子のことを思い出してしまう。髪が風になびいて、まだ子供なのに、声をかけるのをためらわせるほど端正な顔をしていた。あのときぼくは誰かとキスをしたいと思っていた。そうしないと景色に押しつぶされそうだった。景色は完璧だったが、何かを拒否していた。景色が拒否していたのは、あらかじめ決められた親和性というようなものだったと思う。誰かと自分は親しいというような前提がその景色の中のどこにもなかったのだ。関係性が剝《む》き出しになっていて、渡ってくる柔らかな風や石造りの家々が、ぼくと世界の間にある親しみを遮断していた。あらかじめ決められた親しみのようなものを寸断するために、あらゆるものがそこに存在していた。シャトー・マルゴーの香りも何かを遮断し何かを寸断する。簡単に言ってしまえば、それは感傷だ。親しみが消えてしまったと嘆き、嘆いている自分を許す、それが感傷の正体で、それはもっとも官能から遠い。悲しみが幾重にも折り畳まれて、シャトー・マルゴーの香りは成立している。それは目の前にあるのに手をどんなに伸ばしても届かない窓際の花々のようなものだ。だからぼく達は誰かの体臭や具体的な肌の質感が欲しくなる。セックス以外では癒《いや》せない地点で孤立する。しかし、ぼくはその感覚が嫌いではない。なぜなのかはわからないが、ぼくに合っているような気がするのだ。

わたしはあなたの絵はがきをノートに書き写していて欲情してしまうことがある。あなたの文章は煽情的な言葉がないのに、エロティックだった。わたしはあなたとセックスをしたことがない。ノートを眺めながら、わたしはいつもあなたのことを考える。あなたが誰だったのか。あなたは本当にわたしと付き合ったことがあるのか。だが、あなたが恋人ではなかったのだとしたら、これほど大量の絵はがきをわたしに書き送ってくれた理由が不明だ。わたしはあなたとの出会いの瞬間を思い出そうとする。お互いに犬を連れて散歩していて、どちらかが何か言葉をかけたのかも知れない。だがわたしに、犬を飼っていた時期があったのだろうか。

わたしはシャトー・マルゴーを飲んだことがあるのだろうか。その香りに接したときにはセックスのことを考えセックスが欲しくなるとあなたの絵はがきには書いてあった。いつかシャトー・マルゴーを飲むことになる予感がする。わたしはふいにシャトー・マルゴーの封を開け栓を抜いてしまうだろう。そのためのグラスが自分の部屋に既に用意されている。わたしはシャトー・マルゴーとグラスを手に入れているのだ。ワインをグラスに注ぎ、香りを感じて、窓の外を見ると、あの郵便配達夫が道をやってくるのが見える。断崖沿いの未舗装の道をあなたの絵はがきを運んでくる。わたしは彼の姿を認めると、きっと短いスカートを穿くだろう。バルコニーに出て、郵便配達夫が鉄の門に到着するのを待つ。彼は小型のオートバイを降り、郵便物を詰めたカバンの中からあなたの絵はがきを取り出して、郵便受けに近づく。まるで高い天井から下がったシャンデリアのように、わたしは短いスカートの内側を郵便配達夫に向かって示すだろう。そうすれば、あの無口な若い彼はわたしに対して初めて顔を上げるかも知れない。あの感覚が強くなっていく。薄い刃のナイフで肌を傷つけたくなるような、親しい人の悲鳴を遠くで聞くような、自分の皮膚の裏側まで景色に晒されるような、そういう感覚。断崖の上に立つ家でわたし達は向かい合う。セックス以外では癒せない地点で、シャトー・マルゴーの香りとともに、わたしたちは向かい合う。

私は生きる

平林たい子

おとめさんの二度目の見合いの日には共同井戸で真昼からあしたの米をとぐ音がし、カーテンの綻《ほころ》び目から西陽が枕元へ落ちてくる時間にその畳へ私の夕食が置かれた。照りのないファイバーの椀の中に陽がさし込んで、鰹節の破片が浮游物のように浮いているのが四十歳の結婚そのものの感じとして私には受け取れた。

彼女が私の明石をきて階段をおりて行ってしまうと、私は、子供が母親の所在を確かめるように、物置のふとんを取り込んでいる夫の方を見やった。そして、かすれた声でなぜともなく笑ってから、

「ねえ、こんどの見合いはきっとつくわ、善感とかいうのだわ」

私にはなぜかその見合いが、あの種痘というものと一緒くたにして考えられた。

その男に逢ったのち、心の肌へのこされるほてり、腫れ、そこでその瞬間から何かの小さい命の営みがはじまったというような傷痕。愛とか恋とかいうものでもないし、肉欲でもな

い、肉体が妊娠する一つの手前の心の妊娠といったもの。

「四十歳の処女って恥なのかね。名誉なのかね」

「そりゃあ——だけどもおとめさんの場合はどっちでもないらしいわ」

処女という観念がしばしの間二人の間に器物のように置かれていた。私は夫の興味がそんな方へはしるのを何となく好まなかった。それに処女という抵抗を知らない夫がおとめさんの四十歳の処女を厚い壁の様に途方もなく恐れているのが少し見当ちがいの感覚としていかにも受け取れた。

しかし、私にはそんなことよりも、もう見合いは結果がきまったものとして、男と女の間の理屈のなさといったことが一途に軽んじたく思われた。恣に思うことが許されるならそれをおとめさんの腑甲斐《ふがい》なさのようにさえ思ってみた。

今頃は四十年湛えて来た堅固な堤が思い切り決潰している頃だと思うと、そういう肉体や人生の大きな揺れは、この弱った神経では思ってみるだけで受けとめ切れない気がするのだった。

しかし、それらの焦ら立ちのうしろには、またしても置き去られる、病気に晒《さら》され切ったこの白身の魚のような、私自身のにがい思いがあった。

思えば夫に粥を煮させ、髪を結わせ便器をとらせる生活は溺れた人間が救助者の泳ぐ腕にしがみついてしまうような生活だった。私は今までにも会社につとめていた夫に電話をかけさせて心臓の急を訴え早退の連続で夫を馘《くび》になる結果に陥れていた。毎日のことなのに、毎日新たな蒼い憂《うれ》い顔でそそくさと机を立ってくる夫はその社ではきっと同情を越えた笑いものになっていたに違いなかった。が、ガラガラッと天《あま》の岩戸でもひらく勢いで表戸を引く夫の取りいそいだ物音を階下にききつけた瞬間、下手な縫目のように気ままに縫って来た不整脈が急に列伍をととのえて何ごともない並足になるのも我ながら不可解だった。

しかし、こういう愚かな二人には二人だけ通じる思いの背景があるのだった。

私が病院で燃え切れそうな生命の糸を辛くも燃えついで、もう消えるか、もう消えるかと見戍られていた頃、夫は警察の留置場の雑役としてどう手をのばそうにもとどきようのない焦燥で私の命の睡魔を追い払うため虚空に向って力を入れるより外仕方なかった。夫は、その日その日の命の吉左右《きっそう》を知るために、きまってその日の吉凶を看守にたずねるのだった。どういう日が妻の命によってよい日なのか悪い日なのかまるでわからないとすれば、どういう根拠からか個性づけられたその日その日のそうした神秘的な個性にでもたよる外仕方なかった。

「きょうは何の日ですか」

毎日の質問で看守も夫を憐みながらカレンダーを見た。

「三りんぼだ」

三りんぼときくと夫はひそかに沈んだ。

「或はひょっときょうあたり――」

そして、夜ねるとき、きょう一日は何の知らせもなかったことを思ってほっとしながら心の紐をとくのであった。

その次の日にもやっぱり夫はたずねた。

「きょうは何の日ですか」

「きょうは先勝だ――」

「先勝ですか……」

夫は午前中だけは私の生命が保証されたような気がして心が軽かったが、午後になると午前中の分も加えた憂いでやっぱり沈んだ。唯物論者がかりにもと笑う者は笑え。それに夫はどういうものか、自分の身に嬉しいことがあった日に、私の病状の凶報をきくことが多かった。どうせ嬉しいことと言っても、大福餅が食えたとか湯にはいれたとかの程度のことだったが、ある日沈んでいるこの雑役囚を慰めるために一人の看守が夫を控室につれて行って茶をのめとすすめた。夫は何気なく茶碗を口にもって行った。と、淡い茶だとばかり思ったその琥珀《こはく》の液体は酒だった。思いがけない芳醇のためにこの頃退化しかかっていた舌も咽喉も総立ちになって麻痺の一つ手前の味覚の惑乱を味わうのだったが、そのとき心の中でピシャリと平手で夫を打つものがあった。

思いがけない酒にありついて餓鬼になっていた瞬間から急転直下、夫はギョッとして平常心にかけ戻って、吉凶の秤を大急ぎで見やるのだった。自分の方が下るときに私の方が上るのはこの頃のもう動かせない経験なのだった。

「しまった！」

と微かに色さえ変える夫を看守が見つめて、

「どうしたんだ」

といぶかるのだった。

その頃私は背の肉が落ちて床に摺《す》れる背の痛みに悩みつづけていた。

ある真昼、とろりと弱い睡りに入った瞬間夫が枕辺に現れた。

「背中の痛い所へは綿を当てて貰え」

と言っただけで溶けやすい真昼の淡夢はさめた。

床摺れには熱がこもるので、かえって綿は悪いということになっていた。しかし、今まで病人に全く縁のない夫が夢枕に立っても尚その無知を現しているのが私にはむしろなつかしかった。私はたわいない涙を流して看病人に夢の話をしてきかせた。

「折角旦那さんがそう仰有るなら、じゃ暫くでもそうしてみますか」

という素直な言葉はそのまま私の心に嵌《は》め込んでよい心なのだった。

あれから私達の身の上も変転した。

夫はとうとう私の所にかえって来た。夫は保釈で出たその日から勤めに出て郊外の邸町《やしきまち》が終って細民街がはじまる所に以前俥宿《くるまやど》だったこの汚い二階屋を探して担架と自動車で私を移した。

私は多くの人の手で着物をきせて貰ったりぬがせて貰ったり抱き上げられたりして大きい人形のように他愛なくなっていた。抱え上げても首が据わらないので片手で支えていなければならなかった。病気のはじめ病院に入院したとき隣室に便器する前をあけて異様な器物を爽かな風にさらしている青年がいて、その姿のままあどけなく私の方を見た。私は彼の生命力の遠からぬ終焉《しゅうえん》を直感して頭を垂れた。今、移り変ってその青年が私になっているのであった。ある日お目見えした少女の看病人が便器を畳に置いて私の前をめくると一緒に「ほほ」と眼をふせて私のはずかしがらない恰好を彼女が恥じて真赤になっているのだった。

「ああさにずらう乙女よ。自分にもかつてそんな日はあった」

とその愛らしさを全身で愛撫する神経は減っていないのに、冷やかな空気に触れている前を特別に感覚する私の神経は失われているのであった。

「暑寒い！」

とときどき私は訴えるような傲岸で孤独なむずかしい病人と変っていた。

「わからんことを言うじゃないか。何をどうしてくれというんだい」

と夫は私のそういう神経を叱りながらも暑い寒さ、寒い暑さ、と心の中でその感覚を反覆してみて何とかその入り込んだ感覚を理解しようとしているのが見えた。

夏真昼私はびっしょり汗をかきながら、

「窓をしめて下さいよ。ねえお願いだわ。窓をしめて——」

と繰返しているのであった。

「暑さの中には寒さがあるわ。暑ければ暑いほど寒いじゃないの。そんなことがわからないのかしら」

と私は自分の感覚をどこまでも主張しようとしているのであった。

夫は仕方なしに毛の生えた腕をぬらして汗をポトポト落しながらときどき手拭で拭いて、しめた窓のそばで辞典を繰るのだった。

「ああ無念無想！」

と私はいくども自分に命令して天井の穴はる紙や障子の桟の折れはみないようにした。行っても行っても芸術の道が遠かったように、病気の道も究めれば究めるほど遠いのであった。

私は、生と死の二色を旗印にこの孤独な道を一人堂々と進んでいつの間にか病気の英雄になっているのであった。

私の視野からは人生も社会も散大して消えていた。ドイツ贔屓《びいき》の医者がフランダース戦のころ、

「ドイツは近日英本土上陸をしますよ」

と言った言葉一つだけを覚えていて、とんでもない頃、

「もうロンドンは占領されましたか」

とたずねたほど超然としているのであった。またある地質学者が癌で入院した帝大病院で残りの著述を口述したという話をある人が話したとき、私は病呆《やみほう》けた部分と、呆け残った正気の部分とをあげてせせら笑った。

「私は病気三昧でいいのよ。この中に詩もあるし、生活も理想も創造もあるのよ」

それは、看病と生活でひしがれて、少しでも私が身をかがめ起すのを心待ちしている夫の希望を足でにじって土にこすりつけるような言葉だった。そういう言葉の裏ではアイスクリームをせがんで東京のさかり場というさかり場を夫にたずね歩かせたり夜なかに起して湯たんぽをわかさせたり脈を見させたりする私の気随気ままに正しい席が用意されているのであった。

夫が会社を馘《くび》になって家で机仕事をするようになってから、私はたびたびこういうことも言うようになっていた。

「ねえ、お願い、灯を暗くして――」

夫は電気スタンドをふろしきで掩って、その下で頁を繰った。しかしそれでも淡いあかりは低い天井ややけた畳の目をほのぼのと照らした。

「ねえお願い、もっと暗くして」

という私の心臓は光さえ見ればやたらに駈け出す野馬のようで手におえなかった。

「そんなに暗くしたら、字はかけないじゃないか！　これが飯の種なんだぞ」

ととうとう夫は憤り出した。しかし暗くするだけならまだしもだった。ときどき私は動く人間というものさえ神経に支え切れなくなって、

「ねえお願い、三十分ばかり外に出ていてくれない」

と言いはじめた。

「俺は物好にこんなことをしているんじゃないぞ。一体、どういう気持ならそういうことが言えるんだ。お前はそんなことをいうとき、俺に気の毒だという気持は起らないのか」

「起らないわ……」

私は例によって細い消え入るような声で、しかししっかりと答えた。

「起らないって！　それは何故だ」

夫は呆れて私の方を見やった。

「貴方《あなた》には気の毒だけれどもね、人は病気にかかったら直す権利があるんだわ。仕方ないわ……」

涙はこの言葉の伴奏としてばらばらと落葉のように落ち散った。所がまたこの言葉は一掬《ひとすく》いで夫の足を掬う力をもっているのだった、夫はますます驚いて私の顔を見直したものの何かの正面切った大義名分の理念に一と打ち打ちのめされたらしく気を取り直して更に暗くする工夫をしてから、時計やが時計の部分を照らすような狭いあかりの中でジイジイとペンを走らせるのであった。

こういう私のそばから看病人は幾人も暇をとって出て行った。しかし私は二人きりになるのを喜ぶだけで、そのほかには何の思慮もなかった。

そういう所へ、何人目かにおとめさんが現れたのであった。

それは寒い真冬だった。私の室はとなりの室との境の襖を外して尚窓は深夜でもあけ放してあった。二人は火鉢を間にして一人は継ぎ物をし一人はペンを走らせた。時々手をあぶったり手を吹いたりしてかじかむのを温めるのであった。見れば、私の含嗽罎《うがいびん》に細い針のような氷さえちらちら見える寒さだった。

「寒いね。これじゃ堪らない。しめようや」

と二人は話し合って窓をしめたが、じき私は、

「息苦しい」

と言い出した。

「ちぇ、神経だよ。だけど病人に逆っても仕方がないからあけよう。寒いなあ」

結局窓をあけることになるのだった。私はまるで、既に病気の力で征服しつくした夫までを病気の手下にして新たに来たおとめさんを料理してかかろうとしているかのようだった。

実際、夫はどんなに私の病気のためにスポイルされていたか、たとえば私の枕元には小さい錆びた呼鈴を置いて階下までとどかない呼声の代りにしていたが、それのチンチンとなる音は私の呼んでいる肉声以上の肉声として夫の神経にはとくべつ反応するような習慣になってしまっていた。夫は道を歩いていても、それと似た音がするとビクッとした。あるとき、交叉点を渡る途中で信号柱の上からこの音がけたたましくひびいた。何か考えていた夫ははっと立ち止まって、交通巡査から思い切りどなりつけられたのだった。

それにそもそもの夫は人の雇主というものにはなり慣れないぎこちなさで、人が変ったかと思われるほど、雇った人には弱気に対する人だった。

保釈で出て来たばかりの頃ある日桃色ダリアを三本買ってきて私の枕元にさした。すると、

そのときの看病人だった夫の身寄りの娘が、

「あら、きれいな花だこと。私もほしいわ」

と言いはじめた。私と夫がいぶかしく見ている前で彼女は別な花罎に水を汲んで来て、そのダリア一本だけをとって自分の机に挿した。その花罎のおかしさを見てから私の花罎を見ると残りの二本で何とも恰好のつけようなくそれぞれの方角へ勝手勝手に傾いているのだった。

「二本の生花ってあるかしら」

という言葉は微かでも気持の中では握りこぶしに力を入れて、立てない足で地団太をふんでいたのは当然だった。彼女は、その前から、平等主義をどう取りちがえたか、この家ではそれが許されるという顔で病人一人が贅沢をするのは不公平だという建前から、私に肉をたべさせるときには自分も肉をたべ、私が卵をたべる数に近く卵をたべて、私の家に来たときの蒼黒い皮膚の下から、磨き出したような白い艶のある肌を見せるようになっていた。彼女のこうしたやり方にも縁辺の遠慮もあって、「少し金がかかりすぎるね」位しか言えない夫だったが、その滑稽な生花を見ても、

「二本の生花っておかしいって病人が言っているぜ」としかやっぱり言えないのだった。

しかし、おとめさんの来た頃には、実際の必要からもう大分変っていた。

夫はいつか私がからい清汁《すましじる》を吸っていたのを見てから私の三度の食事はことごとく自分でさきに口に入れてみて「これはからい。病人は衰弱しているからほんの一寸塩分があればいいんだから」と批評した。薬をのませる吸呑の湯さえあついかぬるいか自分で一寸吸ってのんでみてから「さあいいです呑ましてやって下さい。生ぬるいのはむせるから、熱いかいっそこの位に冷たい方がいいです」

だから、二人の食物なども思い切り切りつめることをおとめさんに要求した。

私はその頃毎日七勺ずつ肉汁をのむことにしていた。肉汁をのませようかということを考えはじめたのは夫自身であったが、今までの費用の上にその費用が加わるのは、夫の負担として考慮を要することでもあった。だから夫は、自分の発意でそれを言い出しながら私の返事を見成っているような気持だった。もしか、私が「あんな呑みにくいものはいや」とでもいう答をしやしないかと微かに期待するような――

しかし、私は決していやとは言わなかった。肉汁は一度も呑んだことがないし、相当呑みにくいものだとはきき知っていたが、「生きるためですもの呑みにくくたって呑むわ」というはずみをつけた、のしかかる気分で、夫の繊細な気持の上をザザーと擦過して行った。

夫は考え深い顔をして肉屋へ交渉に行った。肉汁は、洋食の出前があった頃ソースを入れて歩いた罎に入れて搾《しぼ》り粕の肉を竹皮づつみにそえて毎日よこした。

私以外の二人のお菜代は削られて、その搾り粕が二人の食卓にのるようになったのは自然の勢いだった。

「あああ、まずいまずい。まるで雪駄の裏だね」

夫は、それの出る食事をすますと、楊枝を使いながら二階にのぼって来た。しかし、それは、少しも不愉快そうではなく、むしろ、私のためにその不味《まず》さをたのしんでいるような響きでさえあった。

しかし、私はそんな言葉さえ全然耳に入れていなかった。私は毎日天井を眺め、窓の外の青空を眺めて、この頃つづくその青空をさえ言うに言えない気持で嫌悪していた。

「空なんて人間の逃れられない笠ね――全く選択を許されない笠だわ」

私はまたそれと脈絡もなく、

「夢みることのできない人間は、生きる資格がないっていい言葉だけれど、そう言ったトルラー自身が自殺したっていうことは、なかなか考えさせられることだわ」

夫は、私の機嫌のよいのを見ると外出を思い立った。

「きょうはよして。何だか脈が結滞しているようだわ」

なるたけ外出させまいとする私の気持に押されて、結局夫は机の前に坐る外なかった。一日中外に出なくとも、一時間に一度位、「窓をしめて」「あけて」「汗を拭いて」「布団が重い」と機関銃弾のように注文が連発されるので、夫は運動不足にさえなっていないのだった。

「旦那さん、私何だか腎臓が悪いらしいんですの」

おとめさんがふと言いはじめたのはこの頃であった。

「顔がむくみますか」

「むくむのは大したことはないんですけれど何だか動悸がしてだるいんですの」

「それじゃなるたけ体をらくにして牛乳をもう一本ふやしなさいよ」

しかしこれは今いう栄養失調なのであった。

おとめさんは、夕食を早くして親類へ相談に行った。看病人が夕方の用事を早くしてよく外出する感じには、幾度も人を入替えている私達の経験に訴えてある思い当る感があった。

「おとめさんは家政婦をやめるために結婚の口をさがしているのね」

こういうことにはしるカンは、健康人の千倍の私であった。

おとめさんは子供のときの過失で、夕顔の種のような白い前歯を二本顔面と直角にとび出させていた。彼女は生涯独身ときめて派出婦となった。派出さきの赤児が手をのばして驚異の目でその歯にさわってくる悲哀は、四十歳のこの日まで結婚というものを、全く他人の軌道としていささかの礫《つぶて》を投げつける思いでさえ見て来させた。しかし派出をやめて私の家に住み込んでいささか貯金ができた。その金で歯を直そうという気持は、直したその歯で結婚しようかという気持とは同じ傾斜の途中にあった。そこまでは一転りで転って行ける。全く、私の想像したとおりであった。彼女は明石をきて見合いをした。一度目はこちらから断った。そうして、また二度目の見合いをすることになったのであった。

夕方おそくゴロゴロゴロと表戸のあく音がしておとめさんはかえって来た。その翌日先方から使が来て階下でいささかの内証話があって、話ははまり込みたがっている所へはまった。

おとめさんが行ってしまうと、すぐに夫の肩にかかってくる日常のこまごました仕事があった。夫はそのことに色々と思慮をめぐらしていたが、私は「割鍋にとじぶたって誰が考えた言葉なんでしょうね」そんなことを言っていた。

おとめさんが向うへ乗り込む日は大安で、私の家と棟割になっているブリキ屋にも嫁が来るという話だった。その家で朝から二階へのぼったり降りたりする足音のために、私の室は絶えずぐらぐらゆれていた。しかし、きょうはあの鈍間な、金属の切られる悲鳴がきこえないことで、室のゆれることも充分に償うのだった。

「大安か——大安は結婚する日なのか」

夫は窓に腰かけて二階建の長屋のつづいた路地を細い鬱血した目で見はるかした。それは目に見えるものを見るよりも、はるかうしろへのこして来た記憶を見る目つきだった。「大安」と言っただけで夫の胸には自分の思いで八潮の色に染めた留置場の切ない思いが甦ってくる筈であった。

花崗岩づくりの二階建の留置所の看守のうしろあたりの柱にぶら下ったカレンダー。先負先勝三りんぼ……

「大安が結婚の日だとは知らなかったね……」

夫は頻りにそう言った。おとめさんは行ってしまった。行きちがいに自動車が来て、となり家は急に賑かになり一としきりまたこの二階建はゆれるのであった。

その夕暮、夫は傾いた青蚊帳《あおがや》の吊手をもって鴨居の釘を仰ぎながら四すみを回った。蚊の唸りが悲しい歌のようにきこえていた。

「また、貴方に蚊帳を吊って貰うのね」

そういう私の目には、体全体から沁み出して来たような弾力のない涙があった。

そのとき、仰向いた天井板の隙間にパッと隣の二階の記念撮影のフラッシュの光が見えた。一戸の俥宿を二軒に仕切ってあっても、はった天井の裏には仕切りがないのだった。

「歯の結婚――」

その刺激が私にそんなことをつぶやかせるのだった。

夫は私を眠らせる手続として階下から便器をとって来た。そのブリキ製の靴型の器物を私の腰の下にあてがって用事のすむのを待ってから柔かい紙で浄めて持ち去るのは、もう何百遍となく夫にして貰った動作であった。私は赤児のように体半分を夫の前にさらして、無心にそれをして貰って来たのであった。

しかし、今晩は――ふと、私は夫が頭に蚊帳をのせてもぐもぐと蚊帳に這い込もうとしている動作を見たときから、ふっと何かの警戒を感ぜずには居られなかった。

私は、夫が一日でも半日でも私を離れて見えない大都会の壁の彼方にいることをどの位か嫌い悲しんで激しい磁石の様に身のそばへ引きつけて置こうとしていながら夫の顔や体がある距離以上近よって来るだけでさえ息苦しがって玉の汗を出した。接吻は海女が潜水している間のような苦しい時間なのであった。まして、夫が「一寸抱いてやろうか」と冗談を言うだけにさえ身も世もない激しさで拒絶して来た。こういう冗談は案外冗談でないことを知っているさばさばした中年女で私はあったから。

「お便器は自分でつけるわ。貸して！」

と私は咄嗟《とっさ》の鋭さで言ったがもう間に合わなかった。冷たい便器は臀の下にあてがわれた。向うの室についた電気スタンドからの淡い光が蚊帳をとおして私の両股のあたりのたるんだ皮膚に微かな白さが見えた。

用事が終っても夫は、便器を外そうともせずその白さの傾いた暗い谷のあたりを異常な目つきで凝視しているのであった。それはもう今までにも幾度か経験したことのある苦い沈黙であった。

何とか優しい慰めを言って、夫の背を静かに撫でてでもやるべき悲しい一と時であるに違いなかった。

にもかかわらず、私は、衰えた私の芯に尚残っている雑草のような雑ぱくさで叫んでいた。

「お尻が痛いわ。早くとって頂戴よ」

その言葉と一緒に、ある瞬間は壁のように崩れた。夫は血の激流が尚はしりやめない手つきで片手にガワガワとゆれる便器の取手をもって慎重に蚊帳を出て行った。

その悄然とした姿に尚追いかけて私はいうのだった。

「今晩は今までどおり貴方は別に蚊帳を吊ってね。お願いだから――」

夫は便器の取手をもったまま蚊帳の彼方のぼやけた線で私の方に向いた。

「俺は神様じゃないんだぞ。一体お前の考えでは俺はどうすればよいと思うか言って呉れえ」

「……仕方がないわ。生きたいもの」

と言って私は泣いていた。

こういう苦さに出発したけれども、私にとって二人きりの生活はやっぱりたのしかった。

病気は私という菜から古い葉っぱを皆もぎとって、青い新鮮な葉っぱと替えたような心地だった。私の古い疲れた血潮は消耗されつくして、否応なしに新しい若い血と入れ替りつつあるのだった。

夫は例の肉の搾り粕を一人でたべて、やっぱり「まずいまずい」と言いながら二階にのぼってくるのだった。

が、昼間便器や粥にとられる仕事の時間は夜更けに補うことになるので、夜更かしはだんだんひどくなって行くばかりだった。

「ねえ、灯暗くしてよ」

を相変らず私は繰返していたが、それは、何とか体に悪い夜更けの仕事を妨害する一策とも変っているのだった。

ある晩、夫は辞書に虫目鏡を当てていた顔を上げて、

「おい一寸、今電灯は何か変っているかい」と訊いた。

「何も変っていないわ」

「変だな。光の芯にだけ光が見えないんだよ」

「おかしいわね――」

とその晩は言っただけだったが、翌日になると買物からかえって来て、

「俺は変だぞ。時々物が見えなくなるんだ。大変なことだ。飯の食い上げだ」

「だって、見た所は何でもないわ。どうしたんでしょう」

と早や私は泣いていた。

夫は医者に行った。血液などの検査が幾度かあってから、何とかいう近代的な眼疾名が言われた。原因はわからないというけれど恐らく眼のことだから栄養と関係はあるに違いなかった。

「仕事をすれば盲になってしまうと言うんだ。弱った」

とはいうものの夫はやはり、一枚いくらの仕事をやめるわけには行かなかった。

何度目かの寒い冬がまたやって来て、夫は寒い窓で手を吹きながら辞書の頁を繰っていた。

「そのうちに、何かいい事があるだろうよ」

と、いうのが、この頃二人の漠然と言い合う慰めだったが、夫は、その頃裁判がすすんで、色々な書類が書留で郵送されて来ることが多かった。その郵便屋の声をききつけて、右隣の子沢山の家で、

「あの家にはよくお金を送ってくるのに家にはどこからも来ない。お前の里なぞ何の力にもならないね」

と亭主が厭味を言って夫婦喧嘩になるという話をきくと、二人は、顔を見合わせて笑った。

他人の不幸がこちらの幸福ではないにしても、貧乏にも連れがあるということは慰まること

なのだった。

「とても目が見えなくなった。仕事は一時中止するほかない――」

とある晩、夫は言いながらガラとペンを置いて絶望的に床へ入った。そして、赤児を扱うように私のふとんを直しながら、

「俺の目はこんなになったが、お前は生かしてやるぞ。生きたいか。この生きたがり屋！」

「うんうん」

と私はうなずいて、やっぱりもう涙を出していた。

かわいい女

チェーホフ
小笠原豊樹 訳

退職した八等官プレミャンニコフの娘のオーレンカは、わが家の中庭に下りる小さな段々に腰を下ろして物思いにふけっていた。暑い日で、蠅《はえ》がうるさくつきまとい、もうすぐ夕方だと思うだけでもほっとした。東からは黒い雨雲が押し寄せて、そちらから時たま湿っぽい風が吹いてきた。

中庭のまんなかでは、ここの離れを借りているクーキンという男が空を眺《なが》めていた。この男は遊園地「ティヴォリ」の経営者、兼、演出家だった。

「またか！」と、クーキンは絶望的に言った。「また雨か！　毎日、雨、雨、まるでだれかのいやがらせみたいだ！　これじゃ死刑宣告じゃないか！　破滅じゃないか！　毎日のこの凄《すご》い欠損、どうしてくれるんだ！」

クーキンはぴしゃりと両手を打合せ、オーレンカの方を向いて喋《しゃべ》りつづけた。

「オリガ・セミョーノヴナ、これがわれわれの暮しなんですよ。全く泣きたくなっちまう！

夜の目も寝ずにあくせく働いて、少しでもましなものにしようと考えぬいたあげくがどうです。片やお客は教養がなくて野蛮でしょう。私としちゃ最高のオペレッタや幻想劇や、一流の諷刺《ふうし》タレントを出しているんですが、果してお客にそんなものが必要かどうか。そんなものがお客に分るかどうか。連中に必要なのは見世物なんです！　俗悪なものをあてがっときゃいいんです！　そうして片やこの天気だ。殆《ほとん》ど毎晩、雨でしょう。五月十日に降り始めて、五月、六月とぶっつづけの降りでしょう。こんなべらぼうな話はない！　お客が来なくたって、私は地代を払いますよね？　芸人の給料も払いますよね？」

次の日も、夕方になって雨雲が押し寄せてくると、クーキンはヒステリックに笑いながら言うのだった。

「こりゃ面白い。また降るがいいさ！　遊園地が水びたしになって、おれは溺《おぼ》れちまえばいいんだ！　どうせこの世でもあの世でも仕合せになれないおれだもの！　芸人どもが訴えるなら訴えろ！　裁判がなんだい！　シベリアにだって懲役に行ってやらあ！　断頭台にだって登ってやらあ！　は、は、は！」

そのまた次の日も同様だった……

オーレンカは何も言わずに真剣な顔つきでクーキンの言葉を聴《き》いていたが、その目にときどき涙があふれてくるのだった。とどのつまりはクーキンの不幸に心を動かされて、オーレンカはこの男を愛するようになった。クーキンは背の低い、痩《や》せた、顔色の黄色い男で、揉《も》み上《あ》げをきれいに撫《な》でつけ、声は貧弱なテノールで、喋《しゃべ》るときに口をひんまげる癖があった。そして顔にはいつも絶望の色が浮んでいたが、それでもこの男は娘の心に深い真の愛情を呼びさましたのである。オーレンカはいつでもだれかしらを愛さずには生きていかれない女だった。以前には自分の父親を愛していたが、その父親は今病身で、暗い部屋の肘掛椅子《ひじかけいす》に坐《すわ》り苦しそうに息をしている。いつかは叔母さんを愛していたこともあるが、このひとはブリャンスクから年に二度ぐらい出てくるだけだった。それより以前、短期女学校で勉強していた頃《ころ》は、フランス語の先生を愛していたこともある。オーレンカはおとなしくて気立てのいい、情にもろい娘で、穏やかなやさしい瞳《ひとみ》をもち、たいそう健康だった。そのふっくらとしたバラ色の頬《ほお》や、黒子《ほくろ》が一つある白いやわらかな頸筋《くびすじ》や、何か楽しい話に耳を傾けるときその顔に浮ぶあどけない微笑《ほほえ》みを見ると、男たちは『うん、こりゃ悪くない……』と考えて思わずにっこりしたし、女のお客などは我慢しきれなくなり、話の最中にいきなりオーレンカの手を取って、満足のあまり口走るのだった。

「かわいいひと！」

オーレンカが生れたときから住んでいて、父親の遺言状にはオーレンカの名前で登録されているこの家は、町外《はず》れのジプシー村にあり、そこからティヴォリ遊園地は近かった。いつも夕方から夜にかけて、遊園地で奏《かな》でられる音楽やポンポン打ちあげられる花火の音が聞えてきたが、それがオーレンカには、クーキンが自分の運命と戦って、最大の敵――すなわち無関心な観客に突撃していく音のように聞えるのだった。オーレンカの心は甘い悩ましさでいっぱいになって、眠気はどこかへ消えてしまい、やがて明け方近くクーキンが帰ってくると、娘は自分の寝室の小窓を内側からそっと叩《たた》き、カーテンごしに顔と片方の肩をのぞかせながら、やさしく微笑むのだった……

クーキンが申しこみをして、二人は結婚した。オーレンカの頸筋や、肉づきのいい健康そうな肩を目のあたりに見たとき、クーキンは手を打合せて口走った。

「かわいい女だ！」

クーキンは仕合せだったが、結婚式当日もその晩も雨降りだったので、その顔から絶望の色は消えなかった。

結婚後の二人は楽しく暮していた。オーレンカは遊園地の切符売場に坐ったり、遊園地全体の秩序に目を配ったり、出費を帳簿につけたり、給料を渡したりし、そのバラ色の頰《ほお》と、愛らしくあどけない、まるで後光のような微笑みは、切符売場の小窓や、舞台裏や、売店など、到る所にちらちらするのだった。そしてオーレンカは今では知人をつかまえて、この世で一番すばらしいもの、一番大切で必要なものは演劇であり、本当の楽しみを味わい、教養やヒューマニズムを身につけるには芝居を観なければ駄目だ、などと説くのだった。「でもお客にそれが分るものかしら」と、オーレンカは言った。「お客に必要なのは見世物なのよ！　きのう、うちで『裏返しファウスト』を出したらボックスは殆《ほとん》どがらあきだったけど、ワーネチカと私が何か俗悪なものを出したとするわね、そうすると小屋は大入り満員なのよ。あした、ワーネチカと私は『地獄のオルフェウス』を出すわ、ぜひ見にいらしてね」

そしてクーキンが芝居や役者について言うことを、オーレンカもそのまま繰返すのだった。観客が芸術に無関心であり、教養に欠けていることを、オーレンカは夫と同じように軽蔑《けいべつ》し、舞台稽古《げいこ》にくちばしを入れ、役者の演技を直し、楽士連中の行状を取締り、地方新聞に芝居の悪評が出たりすると泣いてくやしがり、新聞社へ掛合いに行った。

役者たちはオーレンカになついて、『ワーネチカと私』だとか『かわいい女』だとか呼んでいた。オーレンカも役者たちをかわいがって、少しずつなら金も貸してやり、時たま騙《だま》されることがあっても、ひそかに涙をこぼすだけで夫に訴えなどしなかった。

その冬も楽しい暮しは続いた。二人は冬の間中、町の劇場を借り切って、それを短期間ずつウクライナの劇団や、奇術一座や、土地のアマチュア劇団に提供した。オーレンカは肥《ふと》って、満悦の色に光り輝くようだったが、クーキンは痩せて黄色くなり、冬のあいだ事業はうまくいっていたのに凄《すご》い欠損だと言ってこぼすのだった。そして毎晩のように咳《せ》きこむので、オーレンカは木苺《きいちご》や菩提樹《ぼだいじゅ》の花を煎《せん》じて飲ませたり、オーデコロンをすりこんでやったり、自分のふかふかのショールにくるんでやったりした。

「ほんとにあなたはすばらしい人ね！」と、夫の髪を撫《な》でながら、嘘偽りなくそう思ってオーレンカは言った。「とってもいい人なのね、あなたって！」

大精進期（訳注 復活祭前の七週間）に、クーキンは劇団の出演交渉のためにモスクワへ出掛けて行き、オーレンカは夫がいないと夜も眠れず、窓ぎわに坐って星を眺め暮した。そしてわが身を雌鶏《めんどり》になぞらえるのだった。鶏小屋《とりごや》に雄鶏《おんどり》がいないと、雌鶏も不安を感じて夜眠らないではないか。クーキンのモスクワ滞在は長びき、復活祭までには帰ると言ってきた手紙にはティヴォリ遊園地に関する指図《さしず》があれこれと書いてあった。だが復活祭一週間前の月曜日の夜遅く、とつぜん門を叩《たた》く不吉な音が響きわたった。だれかが木戸を叩いているのだが、それは樽《たる》でも叩くように、ぼん！　ぼん！　ぼん！　と響くのだった。寝ぼけまなこの料理女が裸足《はだし》で水たまりの水をはねかしながら門をあけに走って行った。

「すみません、あけて下さい！」と、だれかが門の外から陰にこもった低音で言った。「電報ですよ！」

オーレンカは前にも何度か夫から電報を貰《もら》ったことはあったが、このときばかりはなぜか急に気が遠くなるようだった。震える手で電報の封を切ると、次のような文面が目に入った。

『イワン・ペトローヴィチ　ホンジツ　キュウシス」シキュウ　サシズマツ」マエソウハカヨウビ』

こんな具合に、その電報には「マエソウ」だとか、もっとわけの分らぬ「シキュウ」などという言葉が書かれていた。署名はオペレッタ一座の演出家の名前になっていた。

「あなた！」と、オーレンカは激しく泣き出した。「やさしいワーネチカ、いとしいひと！なぜあなたという人とめぐり逢《あ》ったの。なぜあなたと知り合って、恋をしたんでしょう！あなたに捨てられて、あとはだれに頼《たよ》れとおっしゃるの。オーレンカはあんまり惨《みじ》めだわ、不幸だわ……」

クーキンは火曜日にモスクワのヴァーガニコヴォ墓地に埋葬された。オーレンカは水曜に帰って来て、自分の部屋に入るや否や、ベッドに身を投げ出して、通りや隣近所に聞えるほどの大きな声で号泣し始めた。

「あのかわいいひとがねえ！」と、近所の女たちは十字を切りながら言った。「かわいいオリガさんが、あれまあ、あんなに悲しんでいる！」

三カ月ほど経《た》った或る日のこと、オーレンカはまだ隙《すき》のない喪服に身を包んで、悲しげに昼のミサから帰るところだった。偶然一緒に並んで歩いていたのは、やはり教会から帰る途中のワシーリー・アンドレーイチ・プストワーロフという近所の男で、この男はババカーエフという商人の材木置場の管理人だった。麦藁帽子《むぎわらぼうし》をかぶって白いチョッキに金鎖など絡《から》ませたその姿は、商人というよりはむしろ地主に似ていた。

「物にはすべて定めというものがあるのです、オリガ・セミョーノヴナ」と、まじめに、同情のこもった声で男は言った。「ですから身内のだれかが死んだとしても、それは神の思召《おぼしめ》しであって、その場合われわれは気をしっかり持って従順に耐え忍ばねばならんのです」

オーレンカを木戸のところまで送ると、男は別れの挨拶《あいさつ》をして先へ歩いて行った。そのあと一日中、オーレンカには男のまじめくさった声が聞え、目を閉じると男の黒々とした顎《あご》ひげがまぶたに浮ぶのだった。この男がたいそう気に入ってしまったのである。そして明らかにオーレンカのほうも相手に強い印象を与えたらしく、その証拠には二、三日経って、あまり親しくもない年増女《としまおんな》がコーヒーを飲みに現われて、テーブルにむかうが早いか、プストワーロフのことを喋《しゃべ》り出し、あの方は頼りになるいい方だ、あの方の所へならどんな女でも喜んでお嫁に行くだろうなどと言ったのだった。三日後に、今度はプストワーロフ自身が訪《たず》ねてきた。男はほんの少しの間、十分間ほど坐っていただけで口数も少なかったが、オーレンカはすっかり惚《ほ》れこんでしまい、その惚れこみ方は尋常一様ではなくて、夜通し眠れずに、まるで熱病にでもかかったように身を焦がし、朝になると年増女の所へ使いを走らせた。

まもなく婚約が成立し、それから結婚式が行われた。

結婚したプストワーロフとオーレンカは仲良く暮した。夫のほうはたいてい昼食まで材木置場にいて、それから仕事で外出し、あとはオーレンカが交替して夕方まで事務所に坐り、勘定書を作ったり品物を送り出したりした。

「この頃は材木が毎年二十パーセントも値上りしましてねえ」と、オーレンカは買い手や知人たちに言うのだった。「だってあなた、私どもじゃ以前はこのへんの材木を商っていたんですけど、今はワーセチカが毎年モギリョフ県まで材木を仕入れに行くんですよ。その運賃が高くついて！」と、恐ろしそうに両手で頰《ほお》を抑えて、「その運賃がねえ！」

オーレンカはもうだいぶ前から材木を商いつづけてきたような気になり、人生で最も重要かつ必要なものは材木だと思い、角材、丸太、小割、薄板、木舞《こまい》、垂木《たるき》、桟木《さんぎ》、榑板《くれいた》……などという言葉を聞くと、何やら懐《なつ》かしく、感動するようになった。夜な夜な、夢の中には、山と積まれた薄板や小割、どこか町のむこうへ材木を運ぶ荷馬車の蜿蜒《えんえん》たる行列などが現われた。あるいは直径二十五センチ、長さ八メートルもある丸太の一連隊が直立して堂々と材木置場へ押し寄せるところや、丸太や角材や榑板がぶつかり合って、よく透る乾《かわ》いた木の音を響かせながら、倒れたり起きあがったり、お互いに積み重なり合ったりする夢を見た。オーレンカはうなされて叫び声をあげ、プストワーロフはやさしく言葉をかけた。

「オーレンカ、どうした、お前？　早く十字を切りなさい！」

夫の考えることはすなわちオーレンカの考えることだった。夫が、この部屋の中は暑いとか、この頃商売が暇になったとか言えば、オーレンカもそう思った。夫はおよそ娯楽と名のつくものが嫌《きら》いで、祭日にも外出しなかったが、オーレンカも同様だった。

「いつもお家か、でなきゃ事務所でお仕事なのね」と、知人はよく言うのだった。「たまには芝居かサーカスへいらっしゃれば」

「ワーセチカと私には芝居に行く暇はありませんわ」と、オーレンカはまじめくさって答えるのだった。「仕事が忙しくて、つまらぬ暇つぶしをする余裕はありませんもの。あんな芝居なんて、どこがいいんでしょう」

土曜日ごとにプストワーロフとオーレンカは晩禱式《ばんとう》へ行き、祭日には朝のミサへ出掛け、教会から帰るときはいつも仲良く肩を並べて感動の色を顔に浮べ、二人とも良い香りを発散し、オーレンカの絹の服はさらさらと快い音を立てるのだった。家に帰ると、味つきパンやいろんな種類のジャムを食べながらお茶を飲み、それからピローグを食べた。毎日お昼になると、中庭や門の前の通りにまでボルシチや、羊または鴨《かも》の焼肉のうまそうな香《かお》りが漂い、精進日にはそれが魚料理の香りに変り、食欲をそそられずに門の前を通り過ぎることは不可能だった。事務所でもつねにサモワールが滾《たぎ》っていて、買い手はお茶と輪形パンを御馳走《ごちそう》にって来た。週に一度、夫婦は風呂《ふろ》屋へ行き、二人とも顔を真っ赤に火照《ほて》らして仲良く一緒に帰ってきた。

「まあなんとか仲良く暮していますわ」と、オーレンカは知人たちに言うのだった。「お蔭さまでね。どなたもワーセチカと私のように暮せたら世の中は平和ですわね」

プストワーロフがモギリョフ県へ材木を仕入れに出掛けると、オーレンカはひどく淋《さび》しがり、夜も眠らずに泣いてばかりいた。ときどき夕方になると、この家の離れを借りている連隊付きの獣医のスミルニンという若い男が遊びに来ることがあった。この男は世間話をしてくれたり、トランプの相手になってくれたりするので、オーレンカも気を紛らすことができた。特に面白いのは、この獣医自身の家庭の事情だった。スミルニンはすでに結婚して息子が一人いたが、細君が浮気をしたので夫婦別れをし、今では細君を憎みながらも息子の養育費として月四十ルーブリを仕送りしていた。この話を聞きながら、オーレンカは何度も溜息《ためいき》をつき、頭を振って、しきりに気の毒がった。

「では、お気をつけてね」と、オーレンカは蠟燭《ろうそく》を持って獣医を階段まで見送りながら言うのだった。「どうもありがとうございました、お退屈だったでしょう。マリア様があなたをお守り下さいますように……」

夫の口真似《くちまね》で、オーレンカは最近とみにまじめくさった分別くさい言葉遣《づか》いをするのだった。そして獣医の姿が階下の扉《とびら》のむこうに消えた途端に、わざわざ呼び戻して、こんなふうに言った。

「ねえ、ヴラジーミル・プラトーヌイチ、あなた奥さんと仲直りなさいな。息子さんのためにも、奥さんを赦《ゆる》してあげなさい！……お子さんだってきっと何もかも分ってくれるでしょうから」

プストワーロフが帰ってくると、オーレンカは声をひそめて獣医のことや、その家庭の事情を話して聞かせ、二人は溜息をつきつき頭を振りながら、その男の子はきっと父親を恋しがっているだろうなどと話し合い、それから連想は奇妙な方向に屈折して、夫婦は聖像の前で額を床につけ、どうか私どもに子供をお授け下さいと祈るのだった。

こんなふうにプストワーロフ夫妻はひっそりとおとなしく、互いに愛し合い、仲むつまじく六年間暮した。ところがある年の冬、ワシーリー・アンドレーイチは材木置場で熱いお茶をがぶがぶ飲んでから帽子もかぶらず外へ出て材木の送り出しをやり、風邪《かぜ》をひいて寝こんでしまった。優秀な医者たちが治療にあたったが、病気には勝てず、四カ月わずらったあげくプストワーロフは死んだ。そしてオーレンカはまたしても未亡人になった。

「いとしいあなたに捨てられて、あとはだれに頼れとおっしゃるの」と、夫の埋葬をすませたときオーレンカは号泣した。「あなたがいなくなって、これから私はどう暮したらいいの。

あんまり惨《みじ》めだわ、不幸だわ。親切なみなさん、私を不憫《ふびん》と思って下さいな。どこにも身寄り頼りのない私を……」

もう帽子や手袋とは縁を切り、いつも黒い喪服に白い喪章という姿になったオーレンカは、教会や夫の墓へ行く以外には滅多に家を出ず、修道女のように暮しつづけた。そして六カ月経ってようやく喪章をはずし、窓の鎧戸《よろいど》をあけるようになった。時折、昼前に料理女と連れ立って食料を買いに市場へ出掛ける姿が見られたが、オーレンカの最近の暮しぶりや家の中の様子については推理することしかできなかった。その推理の材料となったのは、たとえばオーレンカが自宅の小庭で獣医とお茶を飲んでいて、獣医が新聞を読んで聞かせているところをだれかが目撃したとか、あるいは郵便局で知合いの婦人と出っくわしたオーレンカがこう言ったとかいうことだった。

「この町では家畜の正しい管理が行われていないから、そのために病気が多いのね。牛乳を飲んで具合が悪くなったとか、馬や牛から病気をうつされたとかいう話がしょっちゅうでしょう。家畜の健康ということは、本来は人間の健康と同じくらい気を遣わなくちゃいけないことなのよ」

オーレンカは獣医の言葉を繰返し、今では何事によらず獣医と同じ意見なのだった。愛情なしには一年と暮せないオーレンカが、わが家の離れに新しい幸福を見出《みいだ》したことは明らかであった。ほかの女なら世間の非難を浴びるに違いないこのことも、オーレンカの場合にはだれ一人として悪く思う者はなく、何もかもが彼女の人生では至極もっともなのだった。オーレンカと獣医は自分たちの間に生じたその変化のことをだれにも話さず、隠そうと努めていたが、それは思い通りにはいかなかった。というのも、オーレンカはもともと秘密を持てない女だったのである。連隊の同僚たちが獣医の所へお客に来ると、オーレンカはお茶や夜食を出しながら、牛疫《ぎゅうえき》だの、家畜の結核だの、市の屠殺場だのと喋《しゃべ》り出し、獣医はすっかり閉口してしまって、客が帰るとオーレンカの手を摑《つか》み、ぷりぷりしながら叱言《こごと》を言った。

「分りもしない話をするんじゃないって、あんなに頼んだじゃないか！　ぼくらが獣医同士で喋っているときは、お願いだから口を出さないでくれよ。こっちは退屈するだけなんだから！」

オーレンカは驚きと不安のまなざしで男を見つめ、尋ね返す。

「ヴォロージェチカ、じゃ私、なんの話をすればいいの」

そして目に涙を浮べて男を抱きしめ、怒らないでと哀願し、二人は仕合せだった。

しかし、この仕合せも永くは続かなかった。連隊がどこかシベリアの近くのひどく辺鄙《へんぴ》な所へ移動し、獣医は連隊と一緒に永遠に立ち去ってしまったのである。そしてオーレンカは一人とり残された。

今度こそ、オーレンカは全くの一人ぼっちだった。父親はとうの昔に亡《な》くなり、父親の肘《ひじ》掛椅子《かけいす》は脚《あし》が一本とれて、埃《ほこり》まみれで屋根裏にころがっていた。オーレンカは少し痩《や》せて器量も悪くなり、町で行き会う人たちももう以前のように見惚《みと》れたり、微笑《ほほえ》みかけたりはしなかった。明らかに人生の盛りはすでに背後に過ぎ去って、何やら得体の知れぬ新しい人生が始まりかけていたのだが、それについては考えないことが一番なのだろう。夕方になるとオーレンカは中庭へ下りる段々に腰を下ろし、ティヴォリ遊園地の音楽や花火の音を聞いていたが、それはもはやなんの思いをも呼び起さないのだった。がらんとした中庭をつまらなそうに眺め、なんにも考えず、なんにも望まず、夜がふけると寝床に入って、夢の中でもがらんとした中庭を眺めた。食べたり飲んだりすることさえ、いやいやながらのようだった。

だが何よりも始末が悪かったのは、自分の意見というものが全くなくなってしまったことだった。周囲のさまざまな対象を目では眺め、あたりで起ることをすべて理解はするのだが、何事についても意見をまとめることができず、何を話したらいいのか分らないのである。ところで、なんの意見も持たぬということはなんと恐ろしいことだろう！　たとえば壜《びん》が一本立っているのを、あるいは雨が降っているのを、あるいは百姓が荷馬車に乗って行くのを、ちゃんと眺めていながら、その壜や雨や百姓にどんな意味があるのかは言えない。たとえ千ルーブリ貰《もら》っても何一つ言えないのである。クーキンやプストワーロフが生きていた頃なら、あるいは獣医と一緒だった頃なら、オーレンカはすべてを説明できたし、どんなことについても自分の意見を述べることができたが、今では頭脳の中も、心の中も、中庭と同じようにがらんとしてしまった。そして蓬《よもぎ》を食べすぎたときのように気味が悪く、苦々《にがにが》しいのだった。

町は少しずつ四方に拡《ひろ》がって行った。ジプシー村はすでにジプシー通りと名前が変り、テイヴォリ遊園地や材木置場があった場所には建物が立ち並び、たくさんの横町が生れていた。時の経過のなんという速さだろう！　オーレンカの家は黒ずんで、屋根は銹《さ》び、納屋は傾き、中庭には一面に雑草《ブリヤン》や刺《とげ》のある蕁麻《いらくさ》がはびこった。オーレンカ自身も老《ふ》けこみ、醜くなった。夏には中庭に下りる段々に坐り、冬になると窓ぎわに坐って雪を眺《なが》めるが、心の中は相変らず空虚で、物憂《ものう》く、あの蓬《よもぎ》の後味《あとあじ》がする。そんなとき、ふと春の気配が感じられたり、風が教会の鐘の音を運んできたりすると、俄《にわ》かに過去の思い出が押し寄せてきて、胸が甘く締めつけられ、目から涙がとめどなく流れるが、それは束《つか》の間《ま》のことで、再び空虚が訪れ、なんのために生きているのか分らなくなる。黒猫のブルイスカが体《からだ》をすり寄せてきて、静かに喉《のど》を鳴らしているが、そんな猫の愛撫《あいぶ》はオーレンカの心を動かさない。オーレンカに必要なのはこんなものだろうか。いや、彼女が欲しいのは、自分の全存在を、心と理性のすべてを摑《つか》み、自分に思想を、生活の方向を与え、衰えてゆく血潮をあたためてくれるような一うに言う。

「あっちへ行きなさい、あっちへ……ここに用はないでしょ！」

こうして日に日が重なり、年に年が重なり――なんの喜びもなければ、なんの意見もありはしない。料理女のマーヴラが言うことならそれでも結構といった調子である。

七月の或る暑い日のこと、夕方近く町の家畜の群れが往来を追われて行き、中庭に埃《ほこり》が立ちこめていたが、突然だれかが木戸を叩《たた》いた。オーレンカは自分であけに出て、相手を一目見るなり気が遠くなった。門の外に立っていたのは、もう髪が白くなり、平服を着た獣医のスミルニンだった。突如としてすべてを思い出したオーレンカはたまりかねて泣き出し、なんにも言わずに獣医の胸に顔を埋め、それからどうやって家の中へ入り、お茶のテーブルに着いたのか、さっぱり分らないほど興奮していた。

「あなたなのね！」と、喜びに震えながらオーレンカは呟《つぶや》いた。「ヴラジーミル・プラトーヌイチ！　一体どういう風の吹きまわしなの」

「この町に落着こうと思ってね」と、獣医は話すのだった。「辞表を出して来たんです。ひとつ自由の身になって、根を下ろした生活をして、自分の運だめしをしなくちゃね。それに息子ももう中学へ入る年頃だし。大きくなったもんだ。実はぼくも、その、女房と縒《よ》りが戻りましてね」

「で今、奥さんはどちらに」と、オーレンカは尋ねた。

「息子と一緒にホテルにいます。ぼくはこうして貸家探しというわけ」

「まあまあ、それだったらこの家にいらっしゃいよ！　この家だってそうそう捨てたもんじゃないでしょ。そう、それがいいわ、家賃なんか一文《いちもん》だっていただきませんから」オーレンカは興奮して、また泣き出した。「ここに住むといいわ、私は離れでたくさんよ。ああ、なんて嬉《うれ》しいんだろう！」

次の日、早速《さっそく》、母屋《おもや》の屋根のペンキ塗りや壁のお化粧が始まり、オーレンカは両手を腰にあてて中庭を歩きまわり采配《さいはい》を振った。その顔にはかつての微笑《ほほえ》みが輝き、全身が生き生きと活気づいた様子は、まるで長い眠りから醒《さ》めた人のようだった。獣医の妻がやって来たが、それは痩《や》せた醜い婦人で、髪を短く切り、いかにもわがままらしい表情を浮べていた。一緒に来たサーシャという男の子は年のわりには小さかったが（もう数えで十歳になっていた）よく肥えていて、澄んだ青い目をして、頬《ほお》にはえくぼがあった。少年は中庭に入るや否や猫を追いかけ始め、すぐに喜びにあふれた陽気な笑い声が響きわたった。

「小母《おば》さん、これ小母さんとこの猫？」と少年はオーレンカに尋ねた。「これがこどもを生んだら、すみませんけど、うちにも一匹ください。うちのママは鼠《ねずみ》が大っ嫌《きら》いなの」